La collection « Ra
est dirigée par Pierre

Jeux d'adresses

Rafales | contes et nouvelles de l'Outaouais québécois

Jeux d'adresses

textes réunis par Julie Huard,
Michel-Rémi Lafond, François-Xavier Simard

Données de catalogage avant publication (Canada)

Vedette principale au titre :
Jeux d'adresses
(Rafales. Contes et nouvelles de l'Outaouais québécois)

ISBN 2-921603-29-2

1. Nouvelles canadiennes-françaises – Québec (Province) – Outaouais.
2. Roman canadien-français – 20ᵉ siècle. I. Huard, Julie. II. Lafond
Michel-Rémi. III. Simard, François-Xavier. IV. Collection.

PS8329.5.Q4J48 1996   C843' .0108054   C95-941833-4
PS9329.5.Q4J48 1996
PQ3917.Q42J48 1996

Dépôt légal — Bibliothèque nationale du Québec, 1996
                Bibliothèque nationale du Canada, 1996

Illustration : prêt de l'Office national du film du Canada,
                collection de la Ville de Hull.

Révision : Vincent Théberge, Paule Tremblay

© Copyright : Éditions Vents d'Ouest inc.

Éditions Vents d'Ouest inc.
67, rue Vaudreuil
Hull (Québec)
J8X 2B9
(819) 770-6377
(819) 770-0559

Diffusion : Prologue inc.
1650, boulevard Lionel-Bertrand
Boisbriand (Québec)
J7H 1N7
Téléphone : (514) 434-0306
Télécopieur : (514) 434-2627

Introduction

On peut être fier de ce qu'on a fait
mais on devrait l'être beaucoup plus
de ce qu'on n'a pas fait.
Cette fierté est à inventer.
CIORAN, *Aveux et Anathèmes*.

S I L'ÊTRE HUMAIN se dit *homo faber, homo ludens,* il reste surtout *homo loquens.* En effet, il invente, il s'amuse et il parle. Temps et espace appellent sa conscience. Cette dernière cherche, dans l'expérience, le caractère continu de l'existence qui se joue par les mots, le danger et les interdits, qui s'exalte par le jeu social, le monde de l'enfance, ou celui des dames, qui s'échoue au contact de la destinée.

Toute pensée, comme tout imaginaire, s'enracine dans l'expérience : d'abord, la sienne propre, dans les recoins de la sphère intérieure, et puis, celle dont les circonstances modifient le rapport du soi au monde extérieur.

Écrire suppose précisément une interrogation de l'expérience de la vie. En certaines circonstances, les phénomènes vécus dans leur pluralité éphémère donnent l'impression de l'incohérence. Seule la perspective d'une mise en forme par la construction systématique d'une œuvre, avec l'aide du langage, permet de conférer un sens à l'existence débordante de détails factuels.

Or, cette prise de conscience oblige à un retour subjectif sur nous-même, à travailler avec un effort de clarté afin de communiquer l'image originelle qui a déclenché le jeu de la création.

Il ne s'agit pas ici de dire pourquoi les choses sont ce qu'elles sont. Il faut plutôt parler du comment la conscience enchaîne, avec adresse, les images isolées afin de jouer sur l'émerveillement ajouté à la joie de s'exprimer. L'écriture, dans ces conditions, apparaît comme une soupape nécessaire afin de se dégager du refoulé.

Le langage utilise les images qui éclairent la conscience avec ses préférences, ses préoccupations, ses goûts, d'où le fait que chaque œuvre, aussi minuscule soit-elle, possède son âme, c'est-à-dire son souffle de vie. Toute la richesse du recueil de contes et de nouvelles, *Jeux d'adresses,* tient indubitablement dans cette participation de l'imagination créatrice en train de déjouer, avec habileté, la passivité naturelle de l'humain emprisonné par sa mémoire, par son histoire.

Ainsi, en suivant la pente de la création, l'imagination fuit hors du réel tout en maintenant avec lui un lien ténu mais tenace. L'œuvre fait corps avec la vie sans la dominer. Créer, c'est s'ouvrir au monde et, du coup, trouver les forces maîtresses pour s'inscrire dans un lieu et dans une durée pris en charge par les mots, fleurs sur les sentiers de la création.

Dès lors, les souvenirs d'enfance, les rêves de l'adolescence, les rêveries de l'adulte deviennent des germes où, sans cesse, notre histoire propre renaît : parfois, dans la solitude, la colère et le désir de vengeance ; parfois, dans l'amour et la passion.

Ce recueil crée un univers en soi, celui de l'Outaouais, avec ses rues, ses ruelles, ses impasses. Les contes et les nouvelles dévoilent, en quelque sorte, une réalité virtuelle en même temps qu'une virtualité réelle. C'est pourquoi, au moment où vous le recevrez, il faut le déguster morceau par morceau, en savourer chaque parcelle. Pensez que, dans un seul livre, vous pouvez pénétrer dans trente cosmos avec leur matière et leur âme. N'est-ce pas là un immense cadeau?

Michel-Rémi Lafond

1. Jeux de mots

L'orage

Jocelyne Fortin

L A PLUIE, aussi soudaine que drue, avait surpris les passants. En se bousculant, les badauds s'étaient précipités vers les restaurants encore ouverts. Quand, à mon tour, je me suis engouffrée dans un petit café, il ne restait plus aucune table libre. Résignée à affronter la tempête, j'allais sortir lorsqu'un homme me désigna gentiment de la main la chaise devant lui.

Que faire ? J'avais un grand besoin d'être seule. C'est d'ailleurs la raison pour laquelle j'avais fui l'appartement. Je ne pouvais plus supporter le babillage incessant de ma colocataire. L'inconnu, un large sourire sur les lèvres, semblait insister. On entendait maintenant l'orage gronder. Avais-je le choix ?

Je me dirigeai donc vers la place qu'on m'offrait. Je sortirais, sans tarder, le roman que je traînais partout avec moi depuis trois semaines et que je n'arrivais pas à terminer. Si la concentration faisait défaut, je ferais semblant de lire. Je remerciai donc poliment et m'empressai de fouiller dans mon sac. Mais pas assez vite.

Je n'avais pas encore ouvert mon livre que Fabien, puisqu'il s'appelait Fabien, entama la conversation. Naturellement, il parla d'abord de la pluie et du beau temps. De la pluie surtout. Puis, il fit quelques commentaires sur le livre que j'avais déposé sur la table. Suivirent mille et une questions de plus en plus personnelles. Pour commencer, Fabien m'interrogea longuement sur mon travail. Après quoi, il se renseigna sur mes loisirs. Il voulait connaître chacun de mes passe-temps. Il s'intéressait à tout ce que je faisais. Je lui racontai, en long et en large, mes projets et mes rêves les plus fous. Moi qui d'habitude suis plutôt taciturne, je ne me reconnaissais plus. J'étais subjuguée.

Fabien semblait fasciné par tout ce que je disais. J'en suis venue à lui faire part de mes préoccupations. De fil en aiguille, j'ai même ressorti des souvenirs que j'avais toujours gardés secrets. Alors j'ai parlé, parlé. Je me suis ouverte. Je me suis livrée. J'ai mis mon cœur à nu. Je crois bien que je n'avais jamais eu de confident plus attentif, plus sensible.

Le temps fila rapidement. Comme un éclair, peut-être à cause de l'orage. Le café allait fermer. Nous étions les derniers clients. Fabien prit le carton d'allumettes qui traînait dans le cendrier. À l'intérieur, il griffonna à la hâte son adresse, 38, rue St-Jacques, avant de me le tendre. Après s'être assuré que j'étais libre le samedi suivant, il m'invita à dîner chez lui vers dix-huit heures. J'acceptai, ravie. Une poignée de mains, un baiser sur la joue, un dernier sourire, puis chacun partit de son côté.

Il pleuvait toujours. Néanmoins, je marchais lentement. L'eau qui coulait sur mon visage me revigorait. Je me sentais le cœur tellement léger que, pour la première fois depuis que je demeurais dans une conciergerie, j'empruntai l'escalier au lieu de l'ascenseur. Cette nuit-là, j'ai même pu m'endormir sans mes éternels somnifères.

À mon réveil, la pluie avait cessé. Un soleil radieux brillait. Autant dehors que dedans ma tête. Comme il faisait bon se lever sans être écrasée par le poids de ses cauchemars ! De plus, c'était vendredi. La fin de semaine s'annonçait superbe. Demain, je reverrais Fabien. Sans compter que, pour toute une soirée, je ne subirais pas les racontars et les récriminations de ma colocataire. Si elle savait !

La journée passa quand même très vite, toute préoccupée que j'étais par mon travail qui soudain m'emballait.

Le lendemain, moi qui suis toujours en retard, j'étais déjà prête à seize heures. Et ce, malgré le fait que j'avais dû essayer au moins cinq robes avant de décider laquelle j'allais porter. Comment tuer le temps ? J'allumai la radio, puis je remis le nez dans mon livre. En vain. Les minutes s'étiraient et, de toute façon, cette histoire d'amour à l'eau de rose ne me captivait plus. Le roman, comparé à ce que je commençais juste à vivre, me paraissait bien insipide. Je décidai donc de partir, de marcher lentement pour profiter d'un soleil plutôt rare en cette fin d'octobre.

Il n'y avait pas un chat dans les rues. Comme si le centre-ville de Hull se reposait avant d'accueillir ses nombreux visiteurs du soir. Même la promenade du Portage était déserte. Les gens, de toute évidence, avaient fui vers les sentiers récréatifs.

La rue St-Jacques me parut plus jolie que d'habitude. Les arbres centenaires arboraient leur feuillage multicolore. Derrière eux, les vieilles maisons, dont quelques-unes fraîchement restaurées, n'en paraissaient que plus belles.

À mesure que je m'approchais du numéro 38, mon cœur battait de plus en plus fort. Mes mains devenaient moites. Je me sentais nerveuse, fébrile. C'était mon premier rendez-vous galant depuis des semaines. J'avais les jambes si molles que je faillis tomber à deux reprises. Je dus m'agripper à la rampe de l'escalier pour atteindre le perron. Je pris une profonde respiration, puis je sonnai à la porte.

Contre toute attente, une jeune femme vint répondre. Avant que je ne me ressaisisse, elle me lança tout d'un trait : « Je suis désolée, Mademoiselle. Mon mari ne pourra vous recevoir. Il a dû se rendre à l'hôpital. Une urgence. J'ai tenté en vain de vous joindre pour remettre votre rendez-vous à lundi. Vous tremblez. Vous êtes toute pâle. Vous semblez fiévreuse. Vous devriez vous rendre immédiatement dans une clinique. Je vous offrirais bien l'hospitalité, mais je dois quitter à l'instant. On m'attend ce soir, chez des amis, à Montréal. Je devrais d'ailleurs être déjà en route. Je regrette de ne pouvoir vous aider. Au revoir, Mademoiselle, et bonne chance ! »

Je réussis à articuler un faible merci avant qu'elle ne referme la porte. J'étais blessée. J'avais très mal. Je ne sais pas comment, malgré ma peine, malgré ma rage, j'ai pu regagner mon appartement. Pourquoi avais-je été si naïve ? Pourquoi avais-je fait confiance au premier venu ? Au point de m'épancher sans retenue. Au point d'avoir partagé avec lui, dès le premier soir, mes pensées les plus secrètes. Je m'étais laissée piéger comme une adolescente crédule et sans expérience. Je m'en voulais. J'en voulais au monde entier. J'en voulais surtout à Fabien. D'ailleurs, s'appelait-il vraiment Fabien ?

Il avait si bien joué son jeu. Un profiteur. Un mari sans scrupules qui croyait faire la noce durant l'absence de sa femme.

Pendant des semaines, et puis des mois, j'évitai de passer par la rue St-Jacques. Je n'osais même plus fréquenter les restaurants du centre-ville. Puis, je me consolai en me disant que je l'avais tout de même échappé belle. N'eût été de son départ imprévu pour l'hôpital ainsi que du retard de sa femme, qui sait combien de temps son manège aurait tourné ? Enfin, le temps a passé. La rancœur aussi.

J'en suis même venue à plaindre Fabien. Il ne devait pas être très heureux en ménage pour rechercher ainsi la compagnie d'inconnues. Je finis par l'oublier. Je finis par oublier. Je classai Fabien parmi ces mauvais souvenirs qu'on ensevelit pour ne plus jamais les exhumer. Fabien était mort.

Mort jusqu'à mardi dernier. Ce jour-là, à cause de la chaleur suffocante, je décidai, contrairement à mon habitude, de ne pas rentrer chez moi à pied. Après le travail, je pris donc l'autobus. Il était là, assis à l'arrière. Il me fixait. Je parcourus lentement l'allée, tout en soutenant son regard. Malgré la dizaine de banquettes inoccupées, je m'assis à ses côtés. Était-ce par provocation ? Ou tout simplement par curiosité ?

M'ayant reconnue, il balbutia un timide bonjour. Après quelques secondes d'hésitation, ce fut le flot de paroles. Je le laissai discourir à sa guise, bien décidée à ne pas ouvrir la bouche. Encore moins le cœur. Il me parla d'abord de son travail d'informaticien, de la

chance qu'il avait d'exercer un métier qui le passion-
nait et d'œuvrer dans un secteur en pleine expansion.
Il mettait un tel enthousiasme dans ses propos que tout
autre que moi aurait cru qu'il était vraiment informaticien. Puis, il me raconta comment il avait rencontré la
femme qu'il venait juste d'épouser.

Il mentait sans vergogne et je le laissais dire.

Je me surprenais moi-même. J'étais tout à fait
calme. Sereine même. Au fond, je m'estimais bien
chanceuse que notre aventure ait avorté.

Inévitablement, Fabien aborda le sujet de notre
rendez-vous raté. Il dit m'avoir attendue toute la soirée. Je l'aurais apparemment très déçu en lui faisant
faux bond. Sur le coup, il avait cru qu'un contretemps
était à l'origine de ma défection et, pendant quelques
jours, il avait espéré que je vienne frapper à sa porte
pour m'expliquer. Quel culot! Il aurait même beaucoup souffert. Il m'a avoué en avoir perdu l'appétit et
le sommeil pour un certain temps. Je me retenais pour
ne pas rire. La tragédie se transformait en vaudeville. Il
paraîtrait qu'il était follement épris de moi. Le coup de
foudre, un soir d'orage. Quel comédien!

Pour finir, juste avant que je ne descende, il a
déclaré qu'il venait de déménager à Hull, qu'il n'habitait plus sur la rue St-Jacques, à Gatineau, sa femme ne
pouvant s'habituer à vivre dans cette ville voisine.

Il y a une rue St-Jacques à Gatineau!

En sortant de l'autobus, le soleil avait beau me
lécher la peau, je pouvais sentir l'orage éclater en moi.

Piponn

Pierre Bernier

IL Y AVAIT une morte et il fallait bien que l'on s'en occupât.

Agnès Légaré avait précisé ses volontés. Seul un membre de l'étude pouvait accomplir cette tâche. Bien sûr, le boulot avait été assigné au clerc et Jean Lanthier n'avait même pas songé à soulever une objection. Pas moyen de couper à la corvée, puisque le vieux notaire Ledroit menait sa vie comme si son nom avait tracé, depuis sa naissance, sa grande mission sur terre. En outre, sa cliente n'avait jamais rechigné à s'acquitter des honoraires exigés et laissait derrière elle amplement d'argent pour payer tous les frais afférents à sa dernière requête.

Après avoir relevé les indices disponibles et terminé les préparatifs, Jean Lanthier s'était donc mis en route.

Pour ce fils de grand bourgeois d'Outremont, le voyage en traîneau, jusqu'à Papineauville, s'était déroulé dans un état d'âme oscillant entre la morosité et l'émerveillement. À certains moments, il avait maudit le mauvais sort qui l'avait jeté sur ces routes de campagne par les froids sibériens de janvier. « Elle aurait pu crever en été, la vieille » s'était-il dit cent fois. Mais

la majesté de la rivière des Outaouais, couverte de glace
et de neige, et le paysage grandiose où elle dormait
l'avaient chaque fois ramené à de meilleurs sentiments.

La troisième journée, Jean Lanthier prit la direction nord, sur le chemin de fortune qui longeait la
rivière de la Petite-Nation. Il avait décidé de ne pas
dépasser Saint-André-Avellin, où il pourrait sans doute
trouver une bonne table et un lit accueillant. De là, il
entreprendrait la dernière étape de son voyage. Il s'en
tint à ce plan. Il ne fut pas tout à fait déçu, bien qu'il
eût trouvé la cuisine et sa chambre par trop rustiques.

Au quatrième jour de son voyage, lorsque le clerc
lança son cheval vers Ripon, il était à peine sept heures
trente. Il espérait bien en avoir terminé avec sa mission
et être revenu avant le crépuscule.

Il devait faire trente degrés sous zéro. Pourtant,
quand Jean Lanthier arriva enfin en vue des Montagnes-
Noires, puis de Ripon, le froid sec et mordant lui sembla
encore plus incisif. La neige accumulée au sol lui parut
aussi plus abondante. Il atteignit enfin la petite agglo-
mération et entra, transi, dans le magasin général.

Les quelques personnes rassemblées près du comptoir se turent et examinèrent l'étranger dont les vêtements élégants tranchaient en ce lieu campagnard.
Jean Lanthier s'approcha. Le propriétaire, le premier,
prit la parole.

– Cré diable ! sauf vot'respect, qu'est-ce qu'un
jeune d'la haute comme vous fait de par icitte, par un
frette pareil ?

– Ne m'en parlez pas, monsieur ! J'eus même l'impression que plus la température baissait, plus la neige
montait, à mesure que j'approchais de votre... patelin,
répondit Jean Lanthier, dans son langage châtié.

– C'est à cause des basses terres, mais c'est les seules qui donnent en été. Autour, y a rien que des montagnes de roches puis la forêt. Nous, on appelle la place « Riponne ». Les Indiens, eux autres, disent que le vrai nom, c'est « Piponn », puis que ça veut dire « là où y a plusse de neige qu'ailleurs ». J'cré ben qu'c'est vrai. Mais, est-ce qu'on peut vous aider ?

– Je cherche un dénommé Alfred Légaré. Il devrait vivre dans la région. Le connaîtriez-vous ?

– Ah ben ! vous êtes pas chanceux ! Y est justement v'nu faire ses provisions icitte y a trois jours. On le r'verra pas ben ben avant un mois. Y est r'parti trapper. Vous pouvez laisser une note, vous savez. J'lui r'mettrai.

– Non. Je dois absolument le voir. J'ai un message à lui transmettre sans faute. Est-ce que quelqu'un pourrait me conduire jusqu'à lui ?

Après un instant de perplexité, le propriétaire reprit, en s'adressant à un client qui examinait la marchandise dans une allée :

– Toé, le Simon, saurais-tu où l'trouver, Légaré ? J'sais que des fois, tous les deux, vous faites un boutte de ch'min ensemble dans l'bois.

L'Indien oueskarini s'approcha lentement et dévisagea le nouveau venu.

– On trouve toujours, dans l'bois.

– Pensez-vous qu'il est loin maintenant ? demanda le clerc.

– Ça dépend.

– Combien de temps cela prendrait-il pour le trouver ? insista Jean Lanthier.

– Ça dépend.

– Je dois le trouver, c'est important. Voulez-vous me conduire à lui ? Je vous paierai.

Les deux hommes s'entendirent sur le prix. Jean Lanthier prendrait aussi toutes les dépenses à son compte.

Après avoir mangé copieusement, ils partirent, pattes d'ours aux pieds, en direction des Montagnes-Noires.

L'Indien semblait savoir où il allait, car il n'hésitait jamais. Même s'il devait porter le bagage, ouvrir la marche et tasser la neige épaisse, il ne paraissait pas forcer, contrairement à Jean Lanthier qui ahanait et traînait la patte.

Chaque fois qu'ils croisaient la piste d'un chevreuil, le clerc scrutait, découragé, les marques des longues pattes qui s'enfonçaient sans jamais atteindre le sol ferme, le ventre de la bête servant de raquette. Il bougonnait alors contre cette nature hostile où il craignait de s'ensevelir pour l'éternité s'il devait, par mégarde, s'écarter de la sente éphémère que savaient découvrir les pieds magiques de l'Indien.

À la brunante, ils arrivèrent à une cabane faite de rondins, vers laquelle convergeaient de nombreuses traces d'homme. Le Simon poussa la porte.

— On va dormir icitte.

Malgré l'état lamentable des lieux, Jean Lanthier fut soulagé. Il allait enfin pouvoir se reposer.

— Vous croyez que ces pas sont ceux de monsieur Légaré?

— Mmm… fit l'Indien. Légaré est pas pressé. Y pose des pièges. Y'est r'parti à matin. Demain, on va l'trouver.

Cette dernière remarque acheva de réconforter le clerc. Il n'aurait pas à vivre longtemps dans ces conditions déplorables.

Le Simon alluma un feu et fit chauffer le repas. Ils soupèrent, puis s'étendirent sur les deux paillasses rembourrées de branches d'épinette dont la douce odeur emplissait leurs narines.

Le lendemain, ils furent sur pied tôt, déjeunèrent rapidement et quittèrent leur abri. Aussitôt la porte passée, ils furent cloués sur place par l'air glacial dans lequel le soleil même peinait à se lever. La froidure enserrait les arbres dans son étau et leur arrachait des craquements secs dont l'éclat déchirait le silence. Le Simon sembla prendre la mesure de ce matin inhospitalier, puis il se mit en mouvement, invitant Jean Lanthier à le suivre.

Quelques heures plus tard, Alfred Légaré soufflait dans ses deux mains pour les réchauffer lorsqu'il vit l'Indien déboucher du détour de la colline. Il les posa sur ses hanches et lui cria :

— Ah ! c'est toé le Simon ! Bout d'criss, tu fais du vacarme comme un orignal en chaleur. C'est pas dans tes habitudes, ça.

L'Indien ne répondit pas, sourit et s'approcha. Quelques mètres à peine les séparaient l'un de l'autre lorsque le trappeur vit Jean Lanthier apparaître à son tour.

— Y m'semblait ben qu'ça pouvait pas être toé qui fasse c'te train d'enfer-là. C'est qui ?

L'Indien fit une moue et haussa les épaules.

— Y a que'que chose d'important à t'dire.

Le Simon alla s'appuyer contre un arbre, à l'écart.

— Vous êtes bien monsieur Alfred Légaré ? commença le jeune homme, essoufflé.

— Ouais !

— Vous êtes bien le fils de dame Agnès Légaré, d'Outremont ?

— Ouais !

— Mon nom est Jean Lanthier. Je suis clerc chez le
notaire Ledroit. J'ai le regret de vous annoncer que votre
mère est décédée, le Jour de l'an même, des suites d'une
courte maladie. Mes condoléances, Monsieur Légaré.

Son interlocuteur se renfrogna un peu.

— Je suis ici pour accomplir les dernières volontés
de votre mère. Dès sa mort, quelqu'un de l'étude
Ledroit devait vous en faire l'annonce en personne et
vous remettre cette lettre écrite de sa main.

Il sortit une enveloppe froissée de la poche intérieure
de son manteau, la tendit à Alfred Légaré et continua :

— Voyez-vous, elle vous a écrit plusieurs fois au
cours des vingt dernières années, mais ses lettres,
adressées à votre nom à Ripon, poste restante, sont
demeurées sans réponse. Elle voulait s'assurer que
celle-ci se rendrait à destination.

Il tendit la missive et poursuivit :

— Dites-moi, Monsieur Légaré, toutes ces lettres,
vous les avez bien reçues, n'est-ce pas ?

Son vis-à-vis ne répondit pas. De son regard fixé sur
l'enveloppe et accompagné d'un signe de tête, il invita
son interlocuteur à faire lui-même la lecture.

— Mais, vous savez lire, Monsieur Légaré. D'après
ce que le notaire Ledroit m'a affirmé, vous avez fait
tout votre cours classique, n'est-ce pas ?

L'autre s'impatienta, agita sa caboche et insista
d'un œil dur.

— Très bien, Monsieur Légaré. Je vais la lire pour
vous.

Jean Lanthier décacheta l'enveloppe, en sortit une
feuille de papier fin, la déplia, réchauffa ses doigts de
son haleine, mit sa main gauche dans sa poche et lut à
voix haute :

Mon cher fils,

Au cas où tu serais toujours vivant, je t'écris la présente. Quand tu la liras, je serai déjà entre les mains du Seigneur. J'ai laissé des instructions à mon notaire pour qu'il te la remette en personne, puisque je n'ai jamais su si mes dizaines d'autres lettres t'étaient parvenues. Le seul signe de vie que j'aie eu de toi remonte à l'année de ton départ, quand tu m'as écrit où tu vivrais désormais. Tu m'auras rendue malheureuse pour le reste de mes jours.

Jean Lanthier interrompit sa lecture pour changer la lettre de main, puis continua.

Ton père est mort cinq ans après ton départ. Il t'en voulait encore de ton ingratitude, parce que tu avais refusé d'épouser Gabrielle Blanchette, la fille de son associé. Il croyait avoir tant fait pour toi. Il t'a déshérité, mais tu es le dernier représentant de la famille et j'ai le droit de disposer du patrimoine comme je l'entends. Je veux réparer cette injustice. J'ai pris toutes les dispositions. Le notaire Ledroit vendra tous mes biens et le fruit de cette vente ainsi que le pécule dont je dispose te seront remis sous forme d'une rente viagère. Celle-ci subviendra à tes besoins.

Il souffla sur ses doigts gelés, changea de nouveau la feuille de main, et poursuivit.

Tu comprendras qu'il te faudra informer le notaire de ton adresse postale, de ton numéro civique ou de l'adresse de ta succursale bancaire. Cet argent ne doit pas se perdre, comme cela a pu être le cas pour toute ma correspondance.

J'espère que tu vas bien et que la vie est belle pour toi. Sauras-tu pardonner à ton père ? Je le souhaite tellement.

Ta mère que tu as rendue si malheureuse, mais dont l'amour pour toi est toujours aussi fort.

Agnès Légaré

Il se tut. Seuls le bruit de la lettre qu'il s'empressait de replier et d'insérer dans l'enveloppe et celui du vent qui bruissait dans les arbres se faisaient entendre. Il fit un geste pour remettre le document à son destinataire.

Alfred Légaré s'y opposa par un mouvement impérieux du chef. Puis, après un moment, il demanda :

— Quel âge avait-elle ?

— Soixante-six ans, je crois.

— Elle était très belle, encore ?

— Je l'ai vue environ un mois avant son décès. C'était, en effet, une belle dame. L'âge ne l'avait pas marquée. Elle avait seulement l'air un peu triste. Jeune, elle avait dû être d'une grande beauté.

— Bon, fit Alfred Légaré, en se détournant pour se diriger vers son traîneau.

— Monsieur Légaré, vous ne voulez pas conserver ce dernier souvenir de votre mère ? Dites-moi au moins à quelle adresse nous devons faire parvenir votre rente, je me ferai un devoir d'en informer M. Ledroit. Monsieur Légaré, s'il vous plaît...

Juste comme il arrivait près de l'Indien, Alfred Légaré, visiblement irrité, se tourna d'un bloc vers le clerc.

– Monsieur Lanthier, dit-il de sa voix la plus sèche, je parle rarement, mais, aujourd'hui, je vais le faire, et dans votre langage en plus, pour que vous me compreniez bien. Mon adresse, ma maison, c'est ici.

Il fit un grand geste du bras pour indiquer la vaste forêt.

– Quant au numéro civique, tôt ou tard, des gens comme vous en accrocheront un à l'emplacement de chacun de ces arbres. En attendant, je ne demande rien à personne. Si quelqu'un a affaire à moi, c'est dans cette maison qu'il me trouvera et ma porte, sans numéro, est toujours ouverte. J'espère avoir été bien compris.

Et il s'éloigna. L'autre resta d'abord interdit, puis balbutia :

– Mais, confirmez-moi au moins que vous les avez bien reçues, ces lettres, puisqu'elles n'ont jamais été renvoyées à votre mère. Monsieur…

L'Indien s'était levé. Le trappeur hocha la tête d'un air entendu et lui tapa chaleureusement sur l'épaule.

Le Simon répondit de la même manière, se dirigea vers Jean Lanthier. Celui-ci comprit : il ne restait plus qu'à prendre le chemin du retour.

Les trois hommes se séparèrent, deux d'un côté, un de l'autre.

Comme il emboîtait le pas à l'Indien, Jean Lanthier se demanda comment le notaire Ledroit allait résoudre ce problème. Absorbé dans ses pensées, il s'écarta de la trace et fit un mauvais pas. Subitement déséquilibré, il tomba de tout son long et s'engloutit dans la neige folle, les pieds enchevêtrés dans ses pattes d'ours. Quand il essaya de se relever en s'appuyant sur ses mains, il s'enlisa encore plus creux. Il suffoqua. Plus il se débattait, plus il s'engouffrait. À bout de force, il paniqua, il cria.

Soudain, il sentit une main puissante l'empoigner par le dos de son manteau et l'arracher brutalement à son gouffre. Si la chute avait été rapide, le redressement le fut davantage. Le Simon, qui avait rebroussé chemin pour le sortir de sa fâcheuse position, le déposa sans ménagement sur la neige tassée.

Jean Lanthier était en état de choc. Pourtant, il sut d'emblée que cet épisode cauchemardesque allait le hanter longtemps et qu'il ne pourrait jamais oublier la vision qui marquait les premières secondes de son retour sur terre : à travers ses yeux voilés de cristaux blancs et de larmes gelées, l'imposante silhouette d'Alfred Légaré s'estompait entre les arbres, dans l'hiver ; son rire gigantesque, telle une avalanche, fracassait l'immensité figée et se répercutait dans la tête du clerc comme l'écho d'un interminable blizzard.

Et dans son vertige commençait à poindre la crainte d'avoir à refaire le même voyage, périodiquement, pour remettre une rente, en main propre, à un héritier dont la seule adresse connue était « Piponn — là où y a plusse de neige qu'ailleurs ».

Cadence

Louise Boulay

DU TROTTOIR, une musique pique l'attention de Marie-Ève. Elle se sent irrésistible-
ment séduite. Elle entre. Le rythme des
congas et les paroles d'une chanson atteignent le
centre de son âme.

– *Fey o sove la vi mwen nan misè mwen ye o**.

La Cabane Choucoune, 193, rue Principale à Hull,
un certain été.

La piste de danse l'accueille. Elle s'y installe parmi
les autres danseurs. L'envoûtement la gagne.

Soudain, des mots chuchotés à son oreille par une
voix rauque la surprennent :

– *Mwen pa janm wè yon fi icit danse tankou-ou. On dirè
yon ayisyèn***.

Elle n'y comprend rien. L'homme la prend par la
taille et l'entraîne au centre de la piste. Le temps de
deux *meringues* et, déjà, ils se perdent dans des tour-
billons endiablés.

---

*   Fey, sauve-moi la vie car j'ai une grande peine.
** Je n'ai jamais vu une fille d'ici danser comme toi. On dirait
une vraie Haïtienne.

De connivence avec la musique et la danse, la passion s'insinue et les lie. Chaque déhanchement,
chaque balancement accentue le désir.

Marie-Ève ne voit, ne touche, ne respire que lui. Le
monde, autour d'eux, n'existe plus. Elle s'enivre de
l'odeur de son corps au doux parfum des îles.

À la fin de la soirée, n'en pouvant plus, ils se sont
envolés pour une longue et voluptueuse nuit.

Des mois passèrent, témoins de leur histoire.

Il rentra seul dans son pays, la rassurant que ce
n'était pas pour longtemps.

Marie-Ève l'attendit. Pas de nouvelles, pas de
lettres.

> *Rien*
> *Plus rien*
> *Difficile d'oublier les mouvements de son corps*
> *Difficile d'oublier son odeur*
> *Difficile d'oublier la couleur cuivrée de sa peau*
> *Difficile d'oublier sa voix chaude, son sourire*
> *Difficile d'oublier leurs étreintes enflammées*

Chaque cadence lui rappela combien elle avait cet
homme dans la peau.

Puis, elle s'y fit.

Un soir, à son arrivée à la Choucoune, Marie-Ève vit
un homme danser sur un rythme lancinant. Il
embrassa longuement la personne qui l'accompagnait,
puis ils disparurent.

La guitare se tut. La mélodie s'arrêta.

À chaque séjour dans les îles, ce souvenir la hante.

Marie-Ève regarde sa montre. Il est temps de monter à bord du bateau et de rentrer à Fort-de-France.

1, rue Bénédict

Stéphane-Albert Boulais

Au poète Renaud Deschênes

J'AVAIS QUINZE ANS. On disait que j'étais belle. Il est vrai que mes seins étaient splendides. Les hommes me regardaient tout le temps lorsque je passais des sacs publicitaires, le samedi soir, dans les rues de Hull, particulièrement sur la rue Bénédict. Même les chiens jappaient. Mais c'était une autre affaire. Peu importe, du reste, parce que ma beauté n'est pas en cause dans ce que je vais raconter. Les faits que je relaterai dépassent bien largement ma petite personne physique, aussi belle et mignonne fut-elle à cette époque. Je veux parler d'autres choses. D'une rencontre très particulière que je ne suis pas près d'oublier. D'ailleurs, tout me conduisait au 1, rue Bénédict. Je terminais ma route de camelot immanquablement à cette adresse. Pourtant, la rue comptait très exactement trente-trois numéros civiques allant du 67 au 1. Si je ne dis pas du 1 au 67, eh bien! c'est pour la simple raison que je ne suis jamais entrée par le côté nord de la rue. Superstition ou anticipation? Je ne saurais dire. Mais ce dont, en revanche, je suis sûre, c'est que cette façon d'agir n'est pas sans rapport avec ce que je suis devenue aujourd'hui.

Je vais d'abord décrire cette rue pas comme les
autres. Par exemple, il n'y a pas deux rangées de maisons comme dans la plupart des rues de Hull, mais une
seule. Le côté vacant, situé à l'ouest, donne en fait sur
les cours de maisons riches d'une grande artère de la
ville. Il est bordé par une rangée d'arbres très feuillus,
plantés côte à côte sur plus d'un kilomètre. La frondai-
son est luxuriante. Je n'y ai jamais vu le soleil parce que
je passais toujours mes « publicités » le soir et, chaque
fois, ces arbres mystérieux le dérobaient à ma vue.
L'hiver, il faisait noir. Bien que je circulais de porte en
porte sur un immense quadrilatère du secteur de la
Montagne, je finissais toujours par le 1, rue Bénédict.
J'aimais cette maison avec ses terrasses et son jardin
intime à l'arrière. Elle ressemblait à une villa romaine
que j'avais vue dans une revue sur le bureau de mon
père. Elle était imposante. Elle occupait tout le coin de
la rue. Sa façade lisse et massive était percée de petites
fenêtres carrelées. Des ailes prolongeaient le corps prin-
cipal du bâtiment et entouraient presque complètement
le jardin — je dis presque parce que, justement, une
allée assez large pratiquée entre deux pergolas permettait d'y accéder. Il ne semblait y avoir jamais personne
dans cette demeure. Les rideaux étaient toujours tirés.
Pas de voiture dans l'entrée. Pourtant, quelqu'un venait
prendre le courrier, puisque la boîte aux lettres était toujours vide. Or, je ne pouvais résister à la tentation d'aller
m'asseoir quelques instants sur l'unique banc de pierre
du jardin. Pendant l'été, la fraîcheur de ce lieu était invi-
tante. Bien sûr, j'avais un peu l'impression d'entrer par
effraction, mais c'était pour moi un petit plaisir de me
reposer là, pendant quelques minutes, avant de revenir
chez moi. Cela devait devenir une véritable passion.

À la fin de l'été, il y eut du nouveau. Je fus étonnée de trouver une luxueuse voiture noire, garée devant l'entrée. Je n'en avais jamais vue de semblable. Une marque européenne. Elle était somptueuse. Un luxe qui me fit hésiter, pour la première fois, à passer derrière la maison pour me reposer sur le banc. Mais, à part la présence inhabituelle de la voiture, je ne remarquai aucun signe de vie. On aurait dit que personne n'était dans la maison. Je me rendis quand même, le cœur battant, dans le jardin, fidèle en cela à mon rituel hebdomadaire. N'empêche que j'y étais moins à l'aise. La semaine suivante, un événement devait changer radicalement mon monde.

D'ordinaire, j'attachais mon sac de dépliants sur l'un des crochets des boîtes aux lettres. La plupart des boîtes de mon secteur avaient deux crochets en forme d'oreilles. Celle du 1, rue Bénédict était différente ; elle ne possédait pas d'agrafe. C'était une boîte en métal massif de couleur or. Elle était rectangulaire et, ma foi, lisse comme la maison. Quand je l'ouvris, il y avait quelque chose à l'intérieur : un fil au bout duquel était attaché un petit objet en acier, finement poli, sur le pourtour duquel étaient gravés des motifs cunéiformes. Cela m'intrigua momentanément, mais je reconnus assez facilement l'objet, puisque j'avais eu l'occasion d'en voir un semblable, sauf pour les motifs gravés, dans le bureau de mon professeur de physique, au couvent. C'était vraisemblablement un pendule de radiesthésiste. Je le pris, tâtai rapidement sa petite masse oblongue, puis le redéposai à sa place. Sans doute, quelqu'un l'avait-il emprunté aux propriétaires de la maison. J'avais le goût de l'apporter avec moi, mais je résistai tout de même à mon désir.

Toute la semaine, l'image du pendule flotta dans ma tête, à un point tel que j'avais hâte de retourner au 1, rue Bénédict, comme si son magnétisme m'avait attirée vers cette adresse. En arrivant le samedi suivant, je vis bien que mes dépliants de la semaine précédente avaient disparu, mais le curieux objet était toujours là, lui, encore plus brillant et, j'ose le dire, plus désirable. Tout mon corps, cette fois, sembla charmé lorsque je pris le pendule dans mes mains. Je ne pus résister au plaisir de l'étendre droit devant moi, à la verticale. J'attendais qu'il oscille, mais il me sauta littéralement des doigts. C'est qu'une voix venue de nulle part avait dit, au même moment :

– C'est pour vous. Vous pouvez le garder !

Je me tournai alors vers la fenêtre carrelée du rez-de-chaussée, juste à temps pour entrevoir une main qui laissait tomber le rideau. Tout à côté de la fenêtre, il y avait une plaque de métal, ajourée, tendue de grillages, de toute évidence un interphone. Ce soir-là, je n'allai pas dans le jardin, mais j'apportai tout de même le pendule chez moi.

Pendant la semaine suivante, j'essayai de m'imaginer à quel être pouvait bien correspondre la voix entendue et la main entrevue. La voix, rendue friteuse par l'interphone, pouvait autant appartenir à une femme qu'à un homme. Il en était ainsi pour la main. Même si je ne l'avais vue qu'une fraction de seconde, elle m'avait semblé longue et, ma foi, élégante. Quoi qu'il en soit, la personne qui avait placé un pendule à mon attention dans la boîte aux lettres avait un singulier sens de l'humour, comme je devais m'en rendre compte après un examen exhaustif du pendule dans ma chambre. Un détail m'avait échappé les premières fois. Ce n'était pas des motifs cunéiformes qui étaient gravés sur la partie massive de l'objet, mais de véritables mots en minuscules caractères. En fait, il me fallut une grosse loupe pour les déchiffrer. Ils formaient la phrase suivante :

Je sers à mesurer l'intelligence.

– C'est quoi ça ? me demanda ma camarade Josette, en désignant l'objet au fond de mon sac d'école.
– Un pendule.
– À quoi ça sert ?
– À mesurer l'intelligence des belles têtes de linottes comme la tienne.

Je ne pus contrôler ces paroles. Elles m'étaient sorties de la bouche malgré moi. Je n'avais pas l'habitude d'être caustique. Tout au plus, je me contentais parfois de taquiner les autres fraternellement. Mais on aurait dit que le pendule y était pour quelque chose dans ma nouvelle façon de m'exprimer.

– Niaise moi pas, dit-elle.

Je pris alors le pendule et le plaçai au-dessus de sa tête.

– Tu vois, y bouge pas.
– Pis après ? fit-elle sèchement en s'éloignant.

C'est avec fierté que je jaugeai l'intelligence de toutes mes consœurs cette semaine-là.

– Où t'as trouvé ça ?
– Nulle part.
– Comment ça, nulle part ?

Je gardai pour moi la mystérieuse adresse. J'aurais eu le sentiment de commettre un sacrilège en la révélant.

J'ai dit plus haut que j'étais belle, eh bien ! sans mensonge, le pendule me rendit encore plus désirable. Si bien que je décidai de le porter en pendentif. Et je faisais exprès. Il enfonçait le tissu de ma blouse entre mes seins, révélant ainsi davantage mes formes, ce qui attisa la jalousie des filles et excita le regard de mes rares professeurs masculins. On aurait dit que le magnétisme du 1, rue Bénédict gonflait ma poitrine.

Lorsque je me présentai à la fameuse adresse, le samedi suivant, j'avais les mains moites, malgré le froid de l'automne. La boîte aux lettres n'était plus une simple boîte, mais un étrange personnage fait de métal et de chair. Car mon imagination de jeune fille associait, en un montage vertigineux, la voix métallique, la main entrevue à travers la fenêtre et la boîte en acier couleur or. Lever le couvercle pour y déposer mes dépliants devint quelque chose de très sensoriel, je n'aurais su, alors, bien le définir. C'était comme si cette boîte, non seulement respirait, mais, encore, m'épiait et semait des signes sur ma route. Ce samedi-là, mon cœur était à l'épouvante quand j'ouvris, car, au même moment, une mélodie gouailleuse se fit entendre à l'interphone. Je me souvenais avoir ouï cet air railleur quelque part, mais où? Je m'empressai de le jouer sur ma flûte traversière, une fois rendue à la maison.

J'essayai de me rappeler toute la semaine où j'avais entendu pour la première fois cette musique et, curieusement, ce n'est que la journée où je devais me rendre au 1, rue Bénédict que je m'en suis enfin souvenu. Cet air, je l'avais entendu dans ma chambre, plus précisément de la bouche d'aération qui me reliait au sous-sol où mon père avait son bureau et où il écoutait ses films.

Papa travaillait sur son ordinateur quand je descendis avec ma flûte.

– Tiens, Grieg, me dit-il, tu connais?

– Non, mais je sais que toi, tu connais.

– Bien sûr, c'est le leitmotiv du premier film parlant de Fritz Lang : *M*.

– Quoi, *M* ?

– *M. le maudit*, dit-il, en levant momentanément la tête vers moi. C'est l'histoire d'un meurtrier.

– Ah ! fis-je. T'as le film ?

– Bien sûr !

– Tu me le prêtes ?

– Si tu y tiens. J't'avertis, c'est pas rose.

Je regardai ce film inspiré du tueur d'enfants de Düsseldorf. Ses ellipses audacieuses me donnèrent la chair de poule. Par exemple, l'annonce subtile de la mort affreuse de la petite Elsie. Une balle qui roule sur le sol, un ballon de baudruche pris dans les fils télégraphiques...

Mais je n'avais pas l'âge d'Elsie et je n'avais pas peur. Le pendule semblait libérer en moi des forces vives, je sentais toutes mes extrémités. Le 1, rue Bénédict m'aiguillonnait. C'est malgré moi que je donnais maintenant à la boîte aux lettres un sexe mâle, comme si la musique de Grieg et le film de Lang y avaient apporté leur semence masculine. Je ne fis pas part de mes craintes à mon père. Je voulais moi-même résoudre l'énigme.

Plusieurs semaines, cependant, s'écoulèrent sans qu'il ne se passât quelque chose au 1, rue Bénédict. Tout était redevenu normal. Je n'en éprouvai pas moins une sensation forte en arrivant le premier samedi de janvier. L'immense voiture noire avait disparu. Je trouvai alors dans la boîte un mot écrit à mon attention :

J'ai l'esprit chaud mais le cœur froid.

Ces paroles sibyllines m'apparurent cyniques. Elles devaient accompagner mes longs mois d'hiver, qui furent bien silencieux et monotones. On aurait dit que le 1, rue Bénédict s'était endormi à jamais. Pourtant, quelqu'un ramassait toujours mes « publicités ».

Le premier samedi de mai, mon cœur éprouva une nouvelle secousse. La grosse voiture noire était de nouveau dans l'entrée. En outre, il y avait quelque chose au fond de la boîte : un petit paquet délicatement enveloppé. Une carte l'accompagnait :

J'ai l'esprit froid mais le cœur chaud.

— Curieuse inversion, me dis-je, en pensant à la note de janvier. Je développai le paquet et j'eus l'agréable surprise de trouver une fiole. La petite bouteille translucide contenait un liquide légèrement rosâtre. Je me retournai machinalement vers la fenêtre, mais, cette fois, au lieu d'une main, c'est une tête d'homme aux grands yeux bleus et au sourire moqueur que je vis. Il me fit signe de faire le tour, m'indiquant par là d'aller dans le jardin. Je ne savais quoi faire. J'étais apeurée, mais en même temps, cette figure souriante donnait une nouvelle dimension au 1, rue Bénédict. Malgré moi, je me rendis sur le banc. Je m'assis. Il faisait chaud. Cela sentait bon. Je le vis alors venir vers moi. Il n'était pas grand. Il avait la tête blonde, des yeux magnifiques et un sourire désarmant. On aurait dit qu'il n'avait pas d'âge.

— Je ne m'assoirai pas à côté de vous, dit-il d'emblée d'une voix sereine et chaude, comme s'il m'avait connue depuis toujours. Il ajouta :

— Vous savez pourquoi ?

— Non, fis-je.

— Il faut toujours regarder une personne en face, on ne risque pas alors de la prendre pour un objet.

C'était une entrée en matière inusitée. Je tenais toujours la fiole dans mes mains.

— Vous savez ce que c'est? demanda-t-il.

— Une fiole, je suppose.

— Non! fit-il.

Puis, il rit. Je ne sais pas trop, mais ce rire me fit tellement de bien qu'il estompa momentanément le caractère énigmatique de son propos. Je ne lui demandai même pas ce qu'était cette fiole. Ce soir-là, je ne parlai presque pas, je l'écoutai plutôt. Comme tous les autres samedis soirs du printemps. Chaque fois que j'allais dans le jardin, il venait à moi et m'entretenait de sujets toujours différents. Pas une fois il ne s'assit. Il restait debout devant moi. En revanche, son esprit, lui, s'assoyait dans ses « signes » comme il disait. Je ressentais devant lui la même inquiétante étrangeté que j'avais éprouvée devant la boîte aux lettres, à cette différence près que s'y ajoutait, comme dans un concerto baroque, une ligne euphorique qui me faisait découvrir la richesse de mes sens. Je dois avouer que les semaines passées à l'entendre confirmèrent ma transformation. Non seulement je devins plus belle et plus désirable, mais encore plus libre, comme si le pendule que je portais toujours entre mes seins transportait la spiritualité de cet homme déconcertant qui avait l'humilité d'un grand philosophe et l'arrogante opulence d'un bien nanti. Un paradoxe vivant. C'est là, sur ce banc de jardin du 1, rue Bénédict, que je compris, malgré mon jeune âge, que je ne laisserais jamais tisser un fil d'araignée sur ma tête. Je renaissais dans les signes, comme il m'avait invitée à le faire. J'avais devant moi un homme qui ne parlait ni pour expliquer, ni pour comprendre, mais pour dire.

Un jour, la grosse voiture noire disparut pour ne plus jamais revenir. Les dernières phrases que j'entendis de l'homme au sourire moqueur, je devrais plutôt dire que je lus, car elles étaient écrites sur une feuille placée dans la boîte aux lettres, furent :

> *Il faut que je vous dise à propos de la fiole. Vous ne m'avez jamais demandé ce que c'était. C'est ma bouée de sauvetage. Gardez-la. Elle m'a rendu de grands services.*

Plusieurs années se sont passées depuis les événements du 1, rue Bénédict. J'étais jolie jeune fille, je suis devenue belle femme. J'enseigne présentement la philosophie dans un collège de Hull.

Le grèbe et l'avocette

Anonyme

SALUT, Antoine?
– – Oui?
– C'est Julie qui t'appelle!

– Eh ben… comme j'suis content. Comment tu vas, mon avocette préférée?

– Ah! ça va super bien, et toi?

– En pleine forme!

– Je pensais à toi, mon grèbe jougris… j'ai une invitation à te faire.

– Ah oui?

– Serais-tu libre, par hasard, le 20 juin, pour un 5 à 7?

– J'en sais rien. C'est quel jour, ça?

– Un jeudi… j'aimerais beaucoup que tu viennes à mon lancement.

– Quel lancement?

– Le lancement de mon livre.

– T'as écrit un livre, toi?

– Oui!

– Ah ben, ça parle au diable! qu'est-ce que t'as écrit?

– Un recueil de poésie.

– Ah ben, dis donc! T'as fait ça en secret, ou quoi?

– Ben… oui, justement, mes petits *Secrets*.

Un silence s'installe entre les deux amis et s'évanouit dans les grésillements de la ligne téléphonique.

– Tu publies sous quel nom ?

– Pardon ?

– C'est quoi ton nom de plume ?

– J'ai pas de nom de plume !

– Ah ben crisse ! Huard ! lance Antoine.

– Ben voyons, qu'est-ce que t'as ?

– Crisse ! T'as pas le droit de publier de la poésie sous ton nom. Il est où, ton honneur ? Maudit !

– Mon honneur ? Ben voyons, Antoine, qu'est-ce qui te prend ? Mon nom c'est Julie, j'en ai juste un, et pis c'est pas aujourd'hui que je le change, figure-toi.

– Ben c'est ça ! Fais à ta tête et sois bien à l'aise avec la magnifique idée d'utiliser ton nom pour vendre de la poésie. La POÉSIE, Julie ! Penses-y.

– Mais, il est pas question d'utiliser mon nom pour vendre ! Qu'est-ce que tu dis là. C'est une question de réalité, c'est tout. Écoute, je ne m'appelle pas Fleurette Beauregard, quand même. Y'a une limite à t…

– Non, mais t'es connue, ma belle, tu fais un métier public. C'est ça, la différence. T'as pas d'affaire à lier ta popularité à… la pureté de la POÉSIE. Non mais tu te rends compte de ce que tu fais ?

– J'suis pas aveugle, mais je n'ai pas du tout le sentiment de commettre un sacrilège, voyons. On peut pas bosser à la télé et pis être créateur en même temps, c'est ça ?

– Je te dis qu…

– De toute façon, y a pas un chat qui connaît mon existence ailleurs que dans l'Outaouais, j'suis un illustre et total grain de sable dans le désert. Et les Denise Bombardier, qu'est-ce que t'en fais, les Lise

Bissonnette et tous les autres ? Des tueurs de mots, c'est ça ?

— Crisse, Huard, la vraie poésie est anonyme. Rappelle-toi de ça. Salut.

La tonalité retentit, monocorde.

Les joues chaudes et le palpitant tout galopant par ce qu'elle venait d'entendre, Julie déposa le combiné, rebelle et triste à la fois.

— Il peut bien être ce qu'il veut, mon grèbe, mais il me fend le cœur.

— P'tite jeunesse écervelée, se disait Antoine en faisant les cent pas, de son côté. C'est pas possible. Mon avocette... Quand même, fallait pas... Mais, vieux grincheux, t'es peut-être allé un peu fort ? Non, non. Pas pour elle.

Julie lança son livre par un beau jour de soleil doux-amer. Avec un grand trou d'émotion dans le ventre. Un trou béant de soie et de peur. Oui, les tremblements. Oui, les larmes et la vulnérabilité. Ce n'est pas une petite chose, d'ouvrir, tout à coup, vos écluses, pour laisser couler ce qui s'y cache depuis tant d'années. Pour lancer au vent les secrets qui vous habitent et donner à d'autres yeux, à d'autres cœurs, ce que recèlent les coffres de l'âme.

Ah ! un bien beau lancement, s'exclamaient les invités tout autour, une réussite, quoi ! Et, disons-le avec les mots, ce jour-là, monsieur l'éditeur de Julie a même vendu quatre-vingt-dix-huit livres. QUATRE-VINGT-DIX-HUIT livres ! Extraordinaire, non ?

« Crisse, Huard, la vraie poésie est anonyme. »

Antoine ne se rendit jamais au lancement de Julie.

Têtu, à soixante-cinq ans, il fallait bien qu'il fût plus fidèle à lui-même qu'à elle. Un homme de principes !

Aussi bien dire deux ans de silence. Voilà ce qui s'est passé, par la suite.

L'avocette et le grèbe sont restés chacun dans leur nid pendant sept cent trente immenses jours de qui-pense-à-l'autre… Ah ! les beaux principes !

Rien n'arrive jamais pour rien, direz-vous ?

Que je sois capitaine d'un nuage
ou algue à la mer
j'épuiserai
ou non
ces senteurs doucement aiguisées
qui me font toujours
dormir en rond
qui hantent
mes rêves de nuit
de jour
de temps

Presqu'île entre le cœur
et l'écorce de moi
prince entre mes mauves
simple finesse
susceptibilité
aussi grande que l'existence
que je te convoite

Allez
je suis chasseresse d'amour
d'amours impossibles
d'amour infini*.

C'est le premier poème qu'Antoine recevait, quelque temps en août 1992.

Une petite enveloppe lavande pâle avec son nom dessus, l'air de rien. Une petite enveloppe portant au verso un minuscule numéro : 1. À l'intérieur, ces mots, griffonnés à la main sur du papier de même couleur. Des mots écrits sans application. Comme ça. À l'encre noire.

Jusqu'à l'hiver, une ou deux fois par semaine, le grèbe allait découvrir trente-cinq autres de ces courriers pastels, parfaitement identiques. Sauf qu'un nouveau poème y trouvait refuge à chaque fois. Un solitaire par envoi, qu'il eût trois pages ou une ligne.

Antoine aurait pourtant dû en recevoir quarante...

Cet été-là, pendant les vacances, Julie prit la route de la Baie. Là où s'ouvre le fleuve, se plaisait-elle à dire.

Un soir chaud, elle mit le cap sur la musique. Un concert. La voilà donc, tout ouïe, assise au milieu de l'assistance, le spectacle va bon train, clavecin, violon, moyen âge et tout à coup sonne l'entracte.

En une vague, les gens se pressent et s'empressent jusqu'au bar, tandis que Julie se transforme en valkyrie pour repérer un coin plus tranquille !

C'est alors, dans le va-et-vient de cette effervescence, que Julie figea, givrée tout entière. Là-bas, un homme au chandail rouge sur les épaules.

— Mon Dieu, c'est lui, est-ce lui, pas vrai, mon grèbe jougris ? Je ne le reconnais pas.

À cette seconde même, le regard d'Antoine se posa sur elle. Sans ciller.

Ce fut la canicule. Cent mille volts partis en flèche. Tous les deux se mirent à fondre violemment. Et,

comme deux êtres qui savent l'art de se faire disparaître dans une foule, ils s'envolèrent l'un vers l'autre
sans se lâcher des yeux.

– Crisse que j'suis content de te voir, mon avocette.
Comme tu m'as manqué. Comme tu me manques, Julie.

Il lui souffla ces mots, à elle, blottie entre ses bras
maigres, incapable d'autre chose que de larmes. On
aurait dit des amoureux.

– Tu peux pas savoir comme j'ai mal, crisse, tu
peux pas savoir, murmura-t-il, le regard mouillé.

Elle ne pouvait se détacher de l'étreinte, comme si
c'était la première. Ou la dernière, à partager avec
cet Antoine, dont seuls les yeux brillaient encore de
cet éclair d'honneur qui animait, jadis, l'intégrale de
son corps.

– Tu me manques aussi, tellement, mon grèbe jougris. Le temps court trop vite, le temps est un voleur.
Mon ami. Mais, où étais-tu, mon ami ?

Voyez ? C'est de cette façon qu'ils se sont retrouvés,
le grèbe et l'avocette.

À grands coups d'âme, au centre d'un tumulte. Et
leur fameux vœu de silence, si on peut le nommer
ainsi, s'est éteint ce jour-là.

Elle aurait dû s'en douter, Julie. Au fond, elle le
savait probablement. Que c'est la musique qui les
réunirait.

– Je l'aime comme on aime une vaste forêt. C'est
affectif, c'est plus fort que moi, lui avait-il dit, un
jour.

Antoine aurait donné sa vie pour la musique.
Depuis le chant des oiseaux aux *Carmina Burana*. Tous
les magnificat de sa raison d'être. Les milliers qu'il a

semés sans relâche autour de lui et qui ont fait fleurir toute une passion au creux de Julie.

Pour ses dix-huit ans, il lui avait offert Mozart, le *Concerto pour piano n° 21 en do majeur*, à jamais gravé dans sa mémoire. Telle une des merveilles du monde.

Et leur amour à eux? Oui, leur amour. Il y a de ces amitiés qui ne s'arrêtent pas là. L'avocette et le grèbe l'ont toujours su, et pourtant, seulement à l'heure de leurs retrouvailles ont-ils réalisé l'ampleur de leur bêtise.

Il est des certitudes qui ne passent qu'une fois dans la vie.

Julie eut l'urgence d'agir. Sans attendre qu'il soit trop tard, une fois de plus.

Toutes les semaines, Antoine avait beau tenter de percer le mystère des petits courriers et des poèmes qui lui parvenaient, fidèles, sous le soleil, la pluie, le froid, la neige. À chaque fois, il échouait. Il cherchait un signe. N'importe lequel. Il n'en trouvait aucun. Jamais. Pas de signature. Pas d'adresse de retour. Une écriture inconnue, caméléon. La même encre. Le même papier. Les mêmes timbres. Les petits numéros encerclés, toujours dans le coin droit, à l'endos des enveloppes. Et, fait d'autant plus étrange : les lettres étaient postées d'un peu partout ; Montréal, Hull, Toronto, Aylmer, Québec, Ottawa, Gatineau, même des États-Unis, une fois. Incroyable ! Il n'en revenait tout simplement pas. Vous auriez dû voir sa tête ! Ah ! ça le faisait bien sourire, surtout que certains des poèmes qu'on lui dédiait étaient, ma foi, plutôt osés ! Il en était gêné, quelquefois. Longtemps, il crut à une admiratrice secrète. L'idée le flattait, forcément. Enfin, tout ça était la manœuvre d'une femme, il en aurait mis sa main au feu.

Mais laquelle ?

Une fois, dix fois, trente fois ! À la longue, il avait cessé de se creuser la cervelle. Bien sûr, ça le chicotait. Mais, voyez-vous, en douce, chacune des lettres avait pris des proportions inattendues. Il s'arrêtait pour les lire. Stoppait tout. Se cachait, même. Pour le plaisir.

En un instant, le temps se crispait. Le silence. Les pages. C'est tout ce qui comptait.

Souvent, il se faisait languir. Il laissait la lettre soupirer, là, à ses côtés, des heures durant, sans la décacheter, jusqu'à ce qu'elle devînt la plus forte et que, fou d'envie, il en déchirât l'enveloppe. Parfois, il la glissait dans son sac, pour l'emporter chez lui. Et la lire, face au fleuve. En écoutant une musique choisie.

Amour, solitude, désir, désamour. Il avait droit à une variété de textes.

Bon ! c'était parfois bien naïf, tout ça, mais qu'importe ! Il y retrouvait la vérité d'une âme. Voilà ce qui le transportait. Autant que de ne pas connaître la main qui les écrivait.

L'avocette n'a jamais revu son grèbe après l'étreinte de Charlevoix.

Pendant des mois, ils s'aimèrent de loin. En se sachant là, l'un pour l'autre.

C'est tout. Et tant.

Maintenant et pour toujours, il est une phrase bien enracinée en Julie :

« Crisse, Huard, la vraie poésie est anonyme. »

Elle l'entend encore qui résonne et qui résonne. Jusque dans sa plume.

Vous entendez, ces noms d'oiseaux ?

L'avocette américaine. Le grèbe jougris.

Imaginez qu'Antoine et Julie se les étaient longuement choisis, puis offerts, un certain Noël, avec tout
l'amour et l'humour du monde ! Ils s'amusaient à
marier les traits et les particularités de ces deux
espèces, à leurs propres natures. Dieu ! qu'ils avaient
ri ! À en avoir mal au ventre ! Quels liens de parenté
absolument inouïs avaient-ils dénichés au plus profond
de leur folie !

Mais voilà. C'est leur trésor à eux, tout ça. Aussi
précieux qu'une rose de petit prince.

Il est de ces puretés qui demeurent intouchables.

— Allô, Julie ?

— Oui.

— Allô, c'est *Mom.*

— Hé, comment ça va ?

— Ben… ça pourrait aller mieux.

— Comment ça ?

— …

— Ben, qu'est-ce que t'as ? *Mom* ?

— J'ai pas une bonne nouvelle à t'annoncer. Je sais
que ça va te déranger…

— Qu'est ce qui se passe ? Y a quelqu'un qui est
mort, hein ?

— Oui, souffle la mère de Julie d'une voix
vacillante.

— Qui ?

— C'est Antoine. Il est mort ce matin.

— Oh non ! C'est pas vrai, mon grèbe, non…

Même le calme
ne peut déranger

le cri d'amour
non plus l'orage
aussi troublant
soit-il*.

C'est l'un des derniers poèmes qu'Antoine devait recevoir, quelque temps en février 1993. Et qu'il ne lira jamais. À moins qu'il ne l'ait fait depuis le ciel.

Il est mort avant que son admiratrice secrète ne parvînt à la fin de ses envois. Ah! les cinq petits courriers restants étaient bel et bien prêts à être postés! D'où que ce fût! Mais, le cœur dans la gorge, elle se prêta plutôt à un geste inédit, celui de se rendre dans une vaste forêt, sous un grand arbre, très fort, pour brûler, une à une, jusqu'à la cendre, les dernières lettres lavande pâle. Qu'elles aillent rejoindre le grèbe, là-haut, en maîtresses aussi anonymes que chacune des autres. C'est bien ce qu'il aurait souhaité.

Mais ça n'a plus d'importance. Non plus qu'Antoine ne saura jamais que tous ces poèmes lui étaient écrits à partir du 2, rue des Pins, le nid de son avocette. Ni que Julie, à la lueur de sa chandelle et de Mozart, lui transcrivait, page par page, mot à mot, tout le recueil qu'il avait renié, deux ans auparavant.

---

* *Secrets de lune*, poèmes, Éditions du Vermillon, Ottawa, 1990.

2. Jeux dangereux

Le revenant de la rue Notre-Dame

Marc-André Tardif

C'ÉTAIT le 12 septembre 1991.
Dans la salle de rédaction de l'hebdo *Outaouais*, nous étions à nos tables, absorbés par le travail, devant nos papiers, notre clavier et notre écran d'ordinateur.

Soudain, la voix du directeur résonna dans l'interphone :

– Une minute de votre attention, s'il vous plaît! Un hurluberlu a pris d'assaut nos lignes téléphoniques et ne lâchera pas tant que nous n'aurons pas envoyé quelqu'un sur la rue Notre-Dame, dont il connaît la vraie histoire, dit-il. Qui peut y aller immédiatement? Que la ou le volontaire passe à mon bureau pour plus de détails.

En entendant « rue Notre-Dame », je sursautai. Depuis deux ans, je poursuivais des recherches sur cette rue, à moitié disparue. J'y avais habité avec mes parents dans les années 1960 et 1970, avant les expropriations et les démolitions. J'avais même commencé à écrire un livre sur le sujet.

Sans une seconde d'hésitation, je me précipitai chez le directeur. Ce dernier me fit écouter l'enregistrement de l'appel :

– J'ai vécu un événement grave qui a contribué aux démolitions du vieux Hull, dit la voix, et j'ai caché quelque chose qui va intéresser un journaliste.

– Qui êtes-vous?

– Je ne veux pas donner mon nom. Vous me trouverez au coin des rues Victoria et Notre-Dame, côté ouest.

Je repérai facilement l'endroit et aperçus aussitôt l'homme au lieu convenu. Ce ne pouvait être que lui, à la façon dont il examinait les véhicules qui passaient par là. Je garai ma voiture, en descendis et m'approchai lentement, pour me donner le temps de m'en faire une idée. Afin d'éviter toute méprise, j'avais épinglé sur mon veston une identification de journaliste et le logo de l'*Outaouais*. Il me vit et esquissa un geste d'accueil.

Il portait des verres fumés, qui lui cachaient entièrement les yeux et les sourcils. Il avait calé sur son front un chapeau à larges bords. De toute évidence, il voulait cacher son identité. J'étais tenté de tirer la barbe sel et poivre qui complétait un tableau assez insolite, histoire de voir si elle faisait partie de son déguisement. Je m'en abstins : la stature imposante de l'individu m'enlevait toute velléité d'affrontement.

Je me présentai. Sans un mot, il me fit signe de le suivre. Nous traversâmes la rue Notre-Dame. Il s'arrêta. À la manière d'un guide, il me montra l'arrière de l'hôtel Ramada et dit :

– Ce beau bâtiment ancien qui ressemble à un couvent, c'était le presbytère de l'église Notre-Dame. On ne voit plus le numéro 114. Pas surprenant! Quand un hôtelier s'empare d'une bâtisse historique, il faut s'attendre à ce que le patrimoine en souffre.

Il m'entraîna. Il s'engagea dans la rue Notre-Dame, direction sud, passa la rue Victoria, descendit sous le viaduc de la Maison du Citoyen. Je lui emboîtai le pas docilement.

Au milieu du viaduc, il stoppa et pointa du doigt les piliers de béton. Avec la voix émue de quelqu'un qui revit ses souvenirs, il articula :

— Ici, il y avait des maisons. Mes cousins, cousines, amis, compagnons de jeux y habitaient. Il y avait de la vie ici, et quelle vie !

Puis, il reprit sa marche, silencieux, raide comme un automate. Il traversa la rue Hôtel-de-Ville, atteignit l'édifice Jos-Montferrand, franchit portes, escaliers, corridors et mille détours. Nous débouchâmes dans un grand parking. De nouveau, il s'arrêta. Il indiqua un lieu imaginaire qui n'était à mes yeux que de l'asphalte entouré de murs de ciment :

— C'est ici que je suis né. Toute mon enfance, je me suis amusé ici. Derrière notre maison, il y avait un carré de sable, des balançoires, des arbres. Souvent, nous jouions au hockey dans la rue, après l'école. Un jour, les expropriations nous ont forcés à partir. Aujourd'hui encore, je ne comprends pas pourquoi on a tout jeté par terre pour construire ces grosses boîtes de béton. On disait que c'était le progrès. À l'époque, je ne me posais pas de questions : j'avais dix-neuf ans et je voulais gagner de l'argent. Mes parents étaient beaucoup trop préoccupés par la recherche d'un logement pour écouter mes problèmes et mes projets.

Je commençai à m'interroger sur le personnage. Un rêveur ? Un nostalgique ? Un malade ? Où voulait-il en venir ? Je risquai une question :

– Où est cette chose importante qui est supposée intéresser un journaliste?

Aucune réponse.

Il me fit encore signe de le suivre. Le doute m'assaillait. Fallait-il abandonner? J'hésitais. Mais la curiosité l'emporta sur la prudence. Je voulais voir jusqu'où il allait m'amener.

Alors commença un trajet alambiqué : des détours à droite et à gauche, des corridors, des escaliers. Nous atteignîmes la rue Laurier. Cette marche qui n'en finissait plus mettait ma patience à rude épreuve. En approchant de l'angle des rues Laurier et Eddy, mon guide réfléchit tout haut, avec un large geste qui englobait tout le secteur :

– C'est là que la ville de Hull est née.

Il revint sur ses pas, me fit franchir une clôture, derrière l'église St James, et s'avança dans un carré d'herbes folles. Il écarta les tiges décharnées d'un buisson sauvage et, du pied, renversa un tas de mottes de terre. Alors apparut un objet métallique, tordu et noirci par le feu, grugé par la rouille. Je reconnus aussitôt un petit chandelier comme on en voit dans les églises. L'homme mit des gants, qu'il avait cachés dans ses poches, ramassa l'objet d'une main tremblante et me le remit délicatement :

– Prenez cette vieillerie. Je l'ai enterrée ici il y a longtemps et je viens la voir de temps à autre. Elle me plonge dans mes souvenirs. Faites-en ce que vous voudrez.

Il remua un peu la terre et en sortit une petite boîte de métal, fermée par une serrure à numéros. Il la déposa dans mes mains.

– Apportez-la avec vous. Je vous appellerai demain matin pour vous donner la combinaison. J'apprécie beaucoup votre collaboration. Peut-être un article de votre journal apportera-t-il un peu de consolation aux personnes qui ont tant souffert durant cette période noire de notre ville.

Sur ce, il me remercia, me serra la main avec la poigne d'un homme particulièrement vigoureux — mes doigts craquèrent — et il s'en alla. Je le regardai s'éloigner, digne.

À cet instant, j'éprouvai pour lui une certaine estime. Même si je ne comprenais pas les vraies raisons de son étrange comportement, je devinais une souffrance cachée. Je sentais chez lui une noblesse de caractère et une intensité de sentiments impressionnante. Je lui adressai une promesse silencieuse :

– Tu pourras lire mon article dans l'*Outaouais*. Mieux encore, le livre que je prépare sur la rue Notre-Dame de Hull fera certainement allusion à ce que tu as vécu.

Je retournai au journal et m'installai à mon pupitre. Mais j'étais incapable de me concentrer. Puisque l'après-midi s'achevait, je rentrai chez moi, plus bouleversé que je n'osais me l'avouer. Dans la soirée, et même au cours de la nuit, dans des moments de demi-sommeil, je ne cessai de penser à mon guide fantastique, comme à un revenant, et au petit chandelier.

Je voyais surtout le coffret. Que pouvait-il bien contenir ? N'y tenant plus, je me levai et entrepris de l'ouvrir. Peine perdue. Il était en métal épais et résistait aux instruments que j'avais sous la main : petit marteau, tournevis, pinces. Vaincu, calmé, je retournai au lit. D'autant plus que ma femme m'avait crié plusieurs fois de cesser le vacarme que je faisais au sous-sol :

– Mon Dieu, as-tu perdu la tête ? Qu'est-ce que tu fabriques à deux heures du matin ?

Le lendemain, à peine arrivais-je au journal, portant sous le bras l'objet de mon insomnie, que la réceptionniste me passa l'appareil téléphonique. Au bout du fil, c'était mon revenant. Il me communiqua les chiffres de la combinaison. J'ouvris le coffret avec la plus grande fébrilité. Vu l'originalité du type, je m'attendais à tout, sauf à ce que je découvris. Il y avait des billets de banque totalisant mille deux cents dollars, et un message ainsi libellé :

Je suis Judas. On m'a donné de l'argent pour mettre le feu à l'église Notre-Dame. Je l'ai fait le 12 septembre 1971. Six cents dollars. C'était une grosse somme pour moi à cette époque. Je ne prétends pas réparer l'irréparable, mais un geste me libérerait de ce poids qui m'écrase depuis vingt ans. Aujourd'hui, je ne suis pas riche, mais je vous en remets quand même le double. Portez cet argent aux Pères Capucins, 165, rue Kent : ils sauront le distribuer aux personnes qui ont le plus souffert des expropriations et des feux des années 1970. Merci.

Un repenti

Je me rappelai que la veille, c'était le vingtième anniversaire de l'incendie de l'église Notre-Dame de Hull.

Intrusion sur la rue Lois

Carol Goulet

U N BRUIT anormal me réveilla en plein milieu de la nuit. « C'est étrange, me dis-je, je suis seule dans la maison. Mon mari travaille cette nuit. »

Je figeai sous mes couvertures, raide de peur, en pensant que quelqu'un s'était introduit chez moi. Je ne voulais surtout pas me faire traquer dans mon lit, là où je n'aurais aucune chance de me défendre.

J'entendis un léger frottement sur le plancher. D'instinct, je bondis et empoignai la 30-30 dissimulée sous le lit.

Plus rien !

Je paralysai de nouveau. Un cognement en provenance de l'arrière du logement parvint jusqu'à ma chambre.

J'avais déjà l'habitude de faire du tir. Mon geste était devenu machinal à force de pratiquer. Mais cette fois, le danger était réel. Pas une cible. Un homme.

Je poussai le cran de sûreté de la carabine chargée. J'épaulai fermement, puis posai un doigt sur le chien. J'étais prête.

Aucun bruit.

J'arrêtai net. J'avais l'impression que l'intrus pouvait entendre mes battements de cœur, tellement ils résonnaient fort dans ma tête.

Une série de petits martèlements répétés se produisirent. Je sortis de la pièce sur la pointe des pieds.

Je savais bien qu'un jour cela arriverait. À plusieurs reprises, on m'avait suivie, le soir, en revenant de la piscine. Une fois, un individu louche m'avait accostée. Pour me protéger, j'avais raconté que j'étais la fille du propriétaire du dépanneur et que j'y demeurais. J'y étais entrée en criant : « Allô p'pa ! »

Cette situation m'énervait et j'en avais parlé à mon mari. Celui-ci, très inquiet, avait demandé un permis de port d'arme, au cas où un indésirable se présenterait. On lui avait répondu : « Monsieur, achetez un chien à votre femme. »

Clandestinement, nous nous étions procuré une arme. Désormais, un chien métallique me répondait au doigt.

Ce soir, c'était différent. Un importun avait trouvé l'entrée du 63, rue Lois à Hull.

Qui ? Oh ! et encore ces bruits !

J'avançai furtivement dans le salon et scrutai les alentours.

Pas âme qui vive.

Il ne restait que la cuisine à inspecter. Je m'y dirigeai, tremblante d'effroi. Moment inévitable. Tous mes sens aux aguets. J'étais tout près de la source du son. Je tenais fermement la 30-30 d'une main et, de l'autre, j'allumai.

Trois poussins adoptés le jour même, et dont j'avais oublié l'existence, fêtaient Pâques dans une boîte de carton.

L'adresse du feu

François-Xavier Simard

I L FAISAIT un froid sibérien en cette semaine de janvier 1948. Le curé Champagne, surnommé le « Tortionnaire », avait eu vent de rencontres peu pieuses qui se tenaient durant *sa* grand-messe à la librairie Larocque. Une dénonciation publique s'imposait!

– L'enfer est de glace! s'était écrié le curé dans son sermon du dimanche. Une gangrène ronge la paroisse. Il faut l'extirper et excommunier les impies. Vous ne devez jamais oublier que le froid brûle autant que le feu.

Le mal avait pour noms Pauline Massicotte, l'institutrice, et Louis Larocque, le libraire.

Le jeudi suivant, Pauline resta après les heures de classe. Napoléon Cossette, un adolescent doté d'une grande curiosité intellectuelle, mais qui vivait d'angoissants tumultes intérieurs, resta auprès d'elle. Assailli la veille par de mauvaises pensées, il s'était, le matin, précipité à la confesse. Bouleversé par le ton réprobateur de l'Oblat, Napoléon avait quitté l'église sans réciter le rosaire, sa pénitence. En cette fin de journée, il alla se confier à l'institutrice. Celle-ci, assise à un pupitre, juste à côté de lui, se fit rassurante.

– Napoléon, dit-elle, le mal n'est pas ce que l'on pense. Dieu t'a donné un corps fait de chair, un cœur sensible et un esprit capable de penser pour que tu puisses apprendre qui tu es à travers lui. Le corps est relié à l'âme et à Dieu. Et je vais même te révéler un secret : ce que tu ressens, même là où on te dit de ne pas mettre les mains, c'est cela l'Esprit saint.

Il la regarda, l'air perplexe. Pauline se rapprocha de l'adolescent.

– Le bien et le mal ne sont que les deux faces d'une même réalité. Dieu habite en nous, pareil à un grand soleil, à un feu intérieur qui nous anime pour toute la vie. C'est la seule et unique vérité. Dieu n'est pas cloué sur une croix.

L'institutrice observa l'adolescent s'en aller, plus serein qu'à son arrivée. Elle aimait tous ces jeunes, garçons et filles, qui essayaient de comprendre ce qui se passait en eux et autour d'eux.

Elle demeurait au 119, rue Hôtel-de-Ville, juste au-dessus de la librairie. Après le départ de Napoléon, Pauline s'y arrêta. Elle voulait se procurer *Clochemerle* de Gabriel Charpentier, un ouvrage condamné par l'Église. En pénétrant dans la boutique, elle vit le Tortionnaire qui parlait au libraire sur un ton hautain et solennel. Le commerçant, derrière son comptoir, ne bronchait pas.

– Monsieur Larocque, vous devez vous conformer aux enseignements de l'Église, donner l'exemple aux paroissiens et cesser de vendre des livres anticatholiques. *Clochemerle*, ce livre à l'Index que je viens de voir dans votre vitrine ! C'est de la pure provocation ! Ce texte pernicieux présente le célibat des femmes de manière irrespectueuse. Je l'ai d'ailleurs

dénoncé en chaire. Évidemment, vous n'y étiez pas !
Vous ne pouvez pas savoir…

Le libraire restait calme et continuait à tirer sur sa
pipe, le regard froid.

— Gabriel Charpentier est un suppôt de Satan,
reprit le curé. Un Français dégénéré !

Larocque haussa les épaules. Ce n'était pas la première fois qu'un curé lui faisait la leçon. Toujours le
même prêchi-prêcha. Seuls les titres de livres chan-
geaient.

— Retirez *Clochemerle* de la vitrine ! ordonna le pasteur.

Pauline referma la porte doucement, en indiquant au libraire son désir de rester en retrait. Elle
déboutonna son manteau et jeta un regard amusé sur
les rayons.

Louis Larocque se plaça devant le prêtre.

— Je ne vous dicte pas vos sermons, Curé. Ne me
dites pas quoi vendre ou quoi mettre dans ma vitrine.

Il avança d'un pas vers l'Oblat, le forçant à retraiter.
Celui-ci, en reculant, heurta Pauline, qui s'était silen-
cieusement approchée dans l'allée. Sa main effleura le
corps de l'institutrice. S'y attarda même.

— Oh, pardon ! fit-il, nerveux.

Pauline se dirigea au fond de la librairie, vers le local
cadenassé où Larocque conservait les livres à l'Index.

Elle sentait les yeux du curé qui la vrillaient intensément. Elle devinait le bouleversement érotique que
provoquait en lui la proximité d'une femme. Cela aga-
çait Pauline, mais non sans lui procurer un certain
plaisir aussi. Devant le rayon des « livres permis », elle
s'arrêta et considéra le prêtre d'un air narquois.

— Bonjour Pauline. Puis-je vous aider ? lança tout à
coup Larocque.

– Plus tard, répondit-elle, faisant mine de s'intéresser à un ouvrage de Jules Verne.

Le père Champagne la contemplait comme s'il était sur le point de dire quelque chose, qu'il n'arrivait pas, ou n'osait pas, formuler.

– Vous n'allez pas acheter *Clochemerle*, j'espère, dit finalement l'Oblat en se tournant vers elle.

Consciente de son ascendant sur l'homme en robe noire, Pauline devinait maintenant en lui une émotion incontrôlable. Il promenait ses yeux sur le corps de l'enseignante : ses jambes, ses hanches, ses seins. Comme s'il voyait à travers le tissu de sa robe. Le libraire épiait ce duel en silence. Pauline lui fit un clin d'œil complice.

– Je voudrais acheter *Clochemerle*, dit-elle à Larocque.

Le libraire s'exécuta. Elle s'approcha de la caisse, paya, plaça le roman dans son sac à main et sortit.

Dans son logement, Pauline se mit aussitôt à la lecture de *Clochemerle* et resta ainsi absorbée pendant des heures. Elle referma enfin le livre et le déposa sur le tapis du boudoir.

Étendue sur le divan, elle se laissa aller doucement, en dégrafant son corsage, puis serra les cuisses. Très fort. Elle tira sur sa robe en soupirant, libéra ses jambes, les écarta largement. Elle pensa à *Lui*, son *Fiancé*. Elle serra à nouveau les cuisses, les fesses. Elle sentit un long mouvement de succion à l'intérieur, jusqu'en haut. Elle croisa les mains sur sa poitrine avec ferveur, respira profondément. Elle avait chaud et voyait une multitude de petites montgolfières qui s'envolaient, montaient vers *Lui. Le plaisir n'existe que pour nous permettre d'apprendre à s'abandonner à toi, Seigneur.*

Elle s'endormit sur le sofa, régénérée. Elle revécut en rêve le moment ineffable où elle et son fiancé s'étaient unis pour la première fois. Un plaisir nouveau avait jailli du plus profond d'elle-même, un plaisir qui allait en s'intensifiant. Dans le tourbillon de ses émotions, elle avait eu une étrange sensation : elle avait senti, non sans inquiétude, une distance s'installer entre elle et cet homme. Puis, le plaisir avait explosé dans sa tête.

Au-delà même.

Soudain, elle *L*'avait vu, rayonnant, éclatant, magnifique. Comme un grand ostensoir. À côté de *Lui*, l'homme, son fiancé, lui était apparu négligeable, accessoire. Elle avait donc rompu ses fiançailles pour se consacrer à *Lui*.

Elle se réveilla sur le coup de minuit.

Depuis de longues années, la vie de Pauline n'avait été qu'une quête, une tentative désespérée de *Le* retrouver. Si elle l'avait vu, *Lui*, une fois, au bout de son désir, cela se reproduirait immanquablement. Et c'était arrivé, devant cet immense reposoir, lors du congrès marial de 1948. L'ostensoir s'y trouvait. Le même. Rayonnant. Au milieu de cette foule, débordante de ferveur religieuse, au son de ces cantiques émouvants chantés avec une foi digne du Moyen Âge, Pauline avait éprouvé le même plaisir. Comme avec *Lui*. Un plaisir régénérateur. Elle se nourrissait de *Lui*.

Elle se leva, se rhabilla lentement, se dirigea vers la croix devant laquelle une lampe à l'huile brûlait en permanence. Au centre de cette croix, deux petits soleils de bronze semblaient graviter l'un autour de l'autre dans une danse lascive. Comme cela s'était produit avec son fiancé, juste avant *Son* arrivée. *Il* serait là, lui parlerait. *Il* allait prévaloir contre l'enfer, contre la glace. Elle le savait. L'heure heureuse approchait.

Je suis là, mon Aimée, signe-toi...

Remplie d'humilité, Pauline se recueillit, se signa en glissant la main sur son front. Ensuite ses doigts caressèrent ses lèvres, sa poitrine, son ventre, son sexe, remontèrent vers le sein gauche puis vers le droit. *Il* se trouvait là, encore, dans son cœur, son cou, son crâne, et là-haut, au-dessus de sa tête. Une chaleur douce et rafraîchissante comme une brise coulait dans ses veines.

Pauline se dirigea vers la glacière, en ouvrit la porte. Elle fixa l'espace frigide et clos : l'enfer. Elle se tourna, contempla la croix solaire, « mon ami, mon infini, mon feu, moi ». Elle entra dans le boudoir et, près du vieux divan, plaça sa main contre le mur. Il était glacial.

Non seulement l'enfer existait-il en miniature à l'intérieur du logement froid, mais encore, il l'encerclait, emprisonnant le soleil qui brillait en elle. Elle retira sa main. Mais le 119, rue Hôtel-de-Ville était la demeure du *Soleil* toujours victorieux. Elle le savait. Elle l'avait compris.

Pauline revint dans la cuisine, impavide, d'un calme froid. Elle contempla la glacière, sa croix ensuite. Son cœur se mit à battre plus vite. Un merveilleux et puissant rayon de chaleur traversa sa poitrine et coula dans son corps : un délice ! *Il* était là, le *Soleil* que rien ne peut vaincre. Plus puissant que le ciel, que l'Église, que Dieu, que le Diable, que le curé. Le feu du ciel, de l'enfer, le feu de colère, LA GRANDE COLÈRE D'UN GRAND JEU.

Détruis le froid, détruis l'enfer...

Le Christ riait, jouait, jouissait avec elle.

Fais fondre cette prison. Fais-Moi brûler. Mon appétit n'a pas de limites. Joue avec Moi. Joue!

Pauline s'empara d'un vieil exemplaire du *Droit* qui traînait sur une chaise.

Détruis les portes de glace, les murs de froid. Amuse-toi, mon Aimée.

L'enseignante amassa les pages éparses du journal, les froissa. *Fais fondre, joue! Joue le grand jeu!*

Elle fit une grosse boule de papier et la façonna, lui donna une silhouette.

Fais-le déguerpir, lui.

Le Tortionnaire, devant la glacière, montait la garde.

Une insondable colère s'empara de Pauline. L'Oblat voulait la convertir à ses hypocrisies, à ses mensonges. Il pouvait bien lui interdire *Clochemerle* ou tout ce à quoi elle aspirait. Cela ne l'empêcherait jamais d'obéir au *Feu* hyperdoux. *Celui* qui brûlait en elle et voulait manger.

J'avais faim et tu M'as donné à manger.

Pauline enfonça l'énorme boule de papier dans la glacière vide, se tourna vers le poêle, s'empara de la grosse boîte d'allumettes de chez Eddy, l'ouvrit, en fit craquer deux en même temps. La flamme jaillit en soufflant, comme l'*Esprit saint*. L'institutrice alluma l'effigie de papier. Le Tortionnaire sembla se débattre un moment dans les flammes. Puis disparut. Pauline se sentit envahie par une vague plus puissante que toutes les autres, tituba, perdit conscience.

Quand elle revint à elle, le logement sentait le brûlé. La porte de la glacière s'était refermée. Du papier carbonisé gisait par terre. Pauline se leva, rouvrit la portière. Le Tortionnaire réapparut. Il était noir et racorni, d'une laideur repoussante. Pauline poussa violemment la porte. Elle alla au boudoir, s'empara de la lampe, revint dans la cuisine. Elle laissa l'huile couler sur la glacière, y jeta la mèche allumée et fracassa la lampe. La flamme se répandit sur le plancher.

Pauline alla chercher son manteau et s'habilla. Elle savourait l'incendie qui ravageait la pièce

Tu Me libères, tu Me nourris. Sors, Pauline. Sors ! Va contempler l'étendue de Mon appétit.

Toute la nuit, Pauline admira les immeubles qui brûlaient, dont la librairie Larocque et son propre logement. À partir du petit matin jusque tard dans la journée, son appétit pour *Le Christ* illumina Hull comme une gargantuesque apocalypse.

Lentement, appuyée sur sa canne, elle passe devant la maison du Citoyen. Elle s'approche du banc où elle a l'habitude de reposer ses vieilles jambes. Elle regarde le gros bâtiment de Bell qui a remplacé la librairie Larocque. Des images d'un lointain passé se forment dans son esprit. Elle songe au libraire, au curé Champagne, aux affrontements qu'ils ont eus. À l'extrait d'une note que le prêtre lui avait fait parvenir : « Pauline, Pauline, j'ai compris. Je suis enfin libre ! Je vais te rejoindre, mon soleil, mon feu éternel. Je tourne le dos à l'enfer de glace. »

Elle reprend sa promenade et reconnaît, parmi les passants, quelques-uns de ses élèves d'antan. Elle ne peut s'empêcher de voir une nuée de petites flammes qui jaillissent de leur cœur et de leurs yeux pour s'enrouler, danser et monter sans fin dans l'air pur. Immortels rejetons du *Soleil* et de l'*Âme*.

Son vieux cœur s'exalte.

Infinie est sa joie.

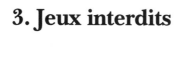

3. Jeux interdits

Bienvenue au 409

Claude Bolduc

CETTE NUIT, j'ai rêvé qu'on me faisait l'amour.
— Ah oui? Moi, j'ai rêvé qu'on te faisait l'amour.

— C'est curieux, non?

— C'était bon, au moins?

— Là n'est pas la question, Jean-Pierre. J'ai trouvé ça très malsain, parce que je te savais là, même si je ne te voyais pas. Je te sentais tout près, mais amorphe, indifférent ou impuissant.

— Sais-tu que c'est à peu près le même rêve que le mien? Je trouve ça tout à fait intrigant.

— L'idée de faire l'amour avec quelqu'un d'autre que toi me répugne.

— C'est gentil de me dire ça.

— Pourtant, dans mon rêve, je ne me débattais pas. Comme s'il s'était agi d'un événement *inéluctable*. Et je ne voyais pas mon amant. Sauf, par intermittence, deux ronds noirs qui devaient être ses yeux. J'avais peur, mais je ne le repoussais pas.

— Encore un peu de café, ma crotte?

– Non, je dois partir. J'ai une journée de fous devant moi. Il me faut choisir des stores, des tapis, des accessoires de salle de bain, et ça, ce n'est que le début. Tu pourrais t'occuper de la peinture ? Il y a un *Canadian Tire,* rue Montclair, à ce qu'on m'a dit. Pense au moins à la couleur qui t'intéresse.

– Oh moi ! ça peut être n'importe quoi, tu sais ! L'important, c'est le mur, pas sa couleur. On pourrait aller faire ça ensemble, demain, tandis que ce soir…

– Non, demain, je dois rencontrer mon nouvel employeur. Alors, mon pitou, pense au moins à la couleur, entre deux chapitres. Bonne journée.

– Bonne journée, toi aussi. Et on reparlera de ton rêve ce soir. Ça m'excite.

Elle enleva une longue mèche brune et bouclée de son visage, puis sortit.

– Comment ça, « encore un autre » ?

Le vieil homme haussa un sourcil, puis passa une main dans sa barbe hirsute.

– Ben oui, un autre. Vous avez ben dit le 409, Champlain ?

– Oui, pis ?

– Ben, ça change souvent de locataire, ou de propriétaire, j'sais pas trop. En tout cas, personne reste là ben ben longtemps.

– Et pourquoi ? C'est mal isolé ? Le toit coule ? Y a des mulots ?

– Sais pas. Mais quand le monde partent, y partent vite en maudit !

– Moi, en tout cas, j'aime pas déménager, alors je compte bien rester là un bout de temps.

– Ben… bonne chance, monsieur.

– Merci. Et merci aussi pour le brin de causette. Vous êtes la première personne à qui je parle dans le coin.

– On peut dire que vous commencez au bas de l'échelle !

Le vieux esquissa un sourire, ramassa son énorme sac rempli de cannettes vides, et continua sa tournée.

– Attendez. Tenez, payez-vous un verre à ma santé, fit Jean-Pierre en lui glissant un billet de cinq dollars au creux de la main.

– Vous pouvez compter là-dessus. À la revoyure !

Il regarda le vieux s'éloigner. La silhouette devint floue, puis, tout à coup, le trottoir fut désert. Jean-Pierre se frotta les yeux, regarda de nouveau, secoua la tête. Le soleil commençait à taper fort, aussi décida-t-il de rentrer. Les commentaires du clochard lui avaient fait oublier le véritable but de cette conversation : étudier la tournure d'esprit d'un authentique miséreux, de façon à pouvoir mieux construire un personnage crédible dans son histoire. Bah, il aurait bien l'occasion de le revoir, celui-là ou un autre du même genre.

Devant son écran, Jean-Pierre tentait de se concentrer. Ses pensées ne cessaient d'osciller comme l'image d'une télé détraquée. Cette scène de viol, il n'arrivait tout simplement pas à la visualiser. Et pas question de taper un seul mot avant que tout soit clair dans son esprit. Le prologue, la partie cruciale, celle qui devait entraîner son lecteur. Or, le tout n'était que brume dans sa tête.

Lui-même se sentait un peu drôle. À la fois lourd et sans substance, un peu étranger au décor qui l'entourait.

Tout ça était flou. Comme l'écran, et la chambre tout entière.

Jean-Pierre releva la tête et considéra cette espèce de vague absolu dans lequel il baignait. Jamais il n'avait éprouvé une telle sensation ; ceci le poussa soudain à se lever pour s'approcher d'un mur. De plus près, sa surface lui apparut nette. Une petite portion attira particulièrement son attention. Un trou. Un tout petit trou. Il s'en approcha encore. C'était une fente. Dans son mur ? Qu'il n'avait jamais remarquée ? Il tendit la main — sa main floue, dont il distinguait à peine les détails. La fente se mit à palpiter, puis à se dilater. Jean-Pierre poussa un hoquet de surprise.

Une vulve !

Sans réfléchir, sans hésiter, du bout des doigts il commença à la caresser. Une formidable, quasi douloureuse érection déforma son pantalon. Jean-Pierre éclata de rire, un rire fou, qui résonna partout dans la maison et rebondit sur les murs avant de lui revenir décuplé. Fébrilement, il déboucla sa ceinture, détacha son pantalon et déballa son membre turgescent.

La fente dans le mur l'attendait, l'appelait, luisante, frémissante.

D'un geste tremblant, il dirigea et enfouit son sexe brûlant entre les lèvres. Il poussa, poussa fort, au plus profond qu'il put. Un ouragan de sensations lui monta à la tête et son rire devint cri. Plus fort, plus loin. Encore. Jamais il ne pourrait retarder le…

Après un ultime coup de reins, son gland éclata furieusement, déversant désir, passion et contentement. Immédiatement, la vulve se déforma, s'estompa, devint cisaille, et se referma brutalement sur son sexe.

Jean-Pierre hurla. Pendant une seconde, il lutta pour se retirer. La douleur était atroce, intenable. Il se replia sur lui-même et redoubla ses hurlements.

Puis il se tut. Releva la tête. Il était assis devant son ordinateur, les avant-bras posés de part et d'autre de son clavier. À l'écran, un mot : pitié.

Jean-Pierre porta une main à son visage, puis regarda la pièce autour de lui. Il massa délicatement son entrejambe. Après avoir tâté à travers le tissu de son pantalon, il poussa un immense soupir de soulagement.

Quel rêve abominable ! Il contempla le mur où s'était trouvée la fente, mais renonça à aller voir de plus près. Cette chambre lui inspira soudain un tel cafard qu'il éteignit son ordinateur. Pas question de rester une minute de plus ici. Il avait besoin d'air. Et, surtout, de quelques bières pour se remettre de ses émotions.

Comme il quittait sa chaise, une désagréable moiteur plaqua son slip contre son corps.

— Même chose au dépanneur : j'ai cru que le vieux s'était transformé en statue de sel quand je lui ai dit quelle maison j'habitais.

Manon le regarda avec un petit sourire en coin, une expression singulière, qu'il ne put décoder.

— Il y a un mystère autour de cette maison, dit-elle. Ça doit t'exciter, hein ! mon écrivain ? Ça te fait travailler l'imagination ? Tu te demandes ce qui a bien pu se passer ici ?

— Tu peux bien sourire. Moi, je pense que ce n'est pas normal. Et j'ai bien l'intention de découvrir ce qui provoque ce genre de réaction chez les gens du coin.

Oui, il voulait savoir, car quelque chose le piquait dans tout ça. Et il se sentait... impliqué, bien que cette idée fût tout à fait absurde.

— Eh bien! pendant que tu fais ton enquête, je vais aller m'étendre. Encore mon dos!

— Ton dos? Quoi, ton dos?

Manon fronça les sourcils.

— Ben oui, mon dos! Ma scoliose. Qu'est-ce que tu as, Jean-Pierre? T'as oublié, ou quoi?

— ... Oh! bien sûr, désolé! bafouilla-t-il, pendant que Manon se dirigeait vers la chambre.

Scoliose? Sa femme souffrait d'une déviation de la colonne vertébrale? Jean-Pierre demeura interdit. Pendant une seconde, des souvenirs tourbillonnèrent. Oui, mais oui. Bien sûr qu'il le savait. Alors, pourquoi ce vide subit et momentané dans ses souvenirs? Pourquoi cet instant fugace, au cours duquel il avait eu l'impression d'entendre parler de scoliose pour la première fois?

La possibilité que son esprit ne tourne pas rond l'inquiéta. Bien sûr, il s'en faisait beaucoup avec ses récentes difficultés à écrire. Mais était-ce en train de le rendre fou? Perdait-il la carte? Devrait-il aller se faire examiner?

Jean-Pierre s'extirpa du sofa, hésita un instant, puis marcha vers la pièce du fond. La sensation que son corps n'avait aucune masse était toujours présente. Son cerveau flottait à l'intérieur d'une enveloppe molle et légère. Oui, aller se faire examiner...

Il se sentit désorienté en marchant dans le corridor, surpris par sa longueur et la disposition des pièces. Il grogna. Toujours ce foutu malaise.

La porte de la pièce du fond était ouverte. Des éclairs multicolores s'en échappaient et zébraient les murs avoisinants. Jean-Pierre pressa le pas, mais le couloir sembla s'allonger d'autant. Il allait pousser un juron lorsqu'il s'aperçut qu'il était rendu à la porte, comme ça, d'un coup. Son ordinateur était en marche, et le protecteur d'écran projetait la séquence dite « tempête d'ions ». Il écarquilla les yeux. Les particules d'énergie jaillissaient du moniteur et virevoltaient partout dans la pièce. Jean-Pierre bougea instinctivement la tête pour éviter un faisceau. Il frotta ses paupières closes quelques instants. Nouveau coup d'œil : tout était normal. Les ions étaient confinés à l'écran, les couleurs n'emplissaient plus la pièce. Il s'approcha du pupitre et poussa la souris d'une chiquenaude. Son prologue apparut à l'écran.

Il relut les quelques phrases. Coups de poing au visage, vêtements déchirés, pétrissage de seins. Pénétration. Banal. Gratuit. Vulgaire. Et l'émotion? La seule qui fût perceptible était celle de l'auteur qui avait tapé ces mots. Quant aux personnages, rien. Des marionnettes d'écrivain. Jean-Pierre soupira. Pas même capable d'écrire une scène de viol efficace. Il fit la meilleure chose possible dans les circonstances : éteindre l'ordinateur, le geste d'écrivain qu'il avait le plus pratiqué ces dernières semaines.

Il quitta cette pièce, dont la moindre portion de mur reflétait sa frustration, et traîna sa misérable carcasse jusqu'à la chambre à coucher, où dormait Manon.

Jean-Pierre ouvrit les yeux. Dans l'obscurité, autour de lui, il n'y avait aucun point de repère. Un bruit. Oui, qui l'avait réveillé. Mais sa conscience embrumée n'arrivait pas à trancher : bruit réel ou parcelle de rêve ? Il tendit l'oreille, en quête d'un son, d'un écho, d'une trace. Rien. Un rêve, donc. Et pourtant, il avait bien entendu. Cela l'avait tiré du sommeil.

Il bougea sur le lit, se tourna à plusieurs reprises, dans l'espoir de découvrir la position idéale. Même qu'il se retrouva en travers du matelas. Un lit double. Lit double. Il ferma les yeux. C'était une réflexion qu'il ne s'était jamais faite auparavant : il possédait un lit double. Un fait insignifiant, sans doute, mais nouveau pour lui. Quand se donne-t-on la peine de réfléchir à son lit ? C'était ridicule. Il changea de position, mais se raidit brusquement, le souffle en suspens.

Cette fois, il était absolument convaincu d'avoir entendu un bruit à travers les froissements de couvertures. Il se redressa, attendit, cherchant à discerner quelque chose malgré les battements de son cœur. Oui, voilà. Un glissement. Là-haut.

Soudain, dans sa tête, le vide, vertigineux.

Qu'y avait-il, là-haut ? Un appartement ? Jean-Pierre se mordit les lèvres. Où se trouvait-il au juste ? Puis, la pensée jaillit dans son esprit, claire et nette. Le 409, Champlain. Oui. Chez lui. Hull. Soupir.

Un autre bruit. Jean-Pierre se leva. Il dut tâtonner un moment avant de trouver la sortie de la chambre. Devait-il faire de la lumière dans le couloir ? Ce pourrait être imprudent. De toute façon, il y voyait juste assez, grâce aux quelques fenêtres qui laissaient passer des rayons de lune. Il dut chercher l'escalier avant de l'apercevoir, incroyablement lointain, large serpentin grimpant à l'assaut des ténèbres.

Cette perspective visuelle l'étourdit, le plongea brièvement dans un état de confusion totale. Quand tout fut revenu à la normale, Jean-Pierre se trouvait en haut de l'escalier, devant une porte, qu'il ouvrit. Une lueur jaunâtre pénétrait par une lucarne sale et poussiéreuse, traçant des fantômes de contours çà et là dans la pièce. Un grenier.

Le plus incroyable enchevêtrement de poutres et de planches qui se puisse imaginer s'étendait à perte de vue. Diagonales, verticales, horizontales, parfois espacées, parfois si rapprochées que Jean-Pierre peinait à se faufiler entre elles. Des amas de laine minérale gisaient un peu partout. En d'autres endroits, d'épaisses toiles d'araignées masquaient le passage.

Il n'y avait plus aucun son dans la maison.

Tout en se demandant s'il n'aurait pas plutôt dû quitter cet endroit, Jean-Pierre se traîna à cheval sur une longue planche. Il n'y avait plus de plancher sous lui. Un frisson parcourut son échine après qu'il eût tenté en vain de repérer l'entrée du grenier. Seules, quelques lucarnes blêmes constellaient les lieux. La planche inclinait légèrement vers le bas, facilitant sa progression. Bientôt, il aperçut le sol. À sa gauche, sous une fenêtre, une forme sombre dépassait d'un tas de laine minérale. Jean-Pierre mit pied à terre. Il se pencha pour examiner le tout. C'était des jambes.

Son cœur se mit à battre plus vite. Des jambes de femme. À pleines brassées, il projeta la laine au loin. De la salive s'écoulait de sa bouche lorsqu'il dégagea les cuisses, puis les fesses. Il toucha. C'était froid, et la peau semblait vaguement bleutée sous la chiche lueur de la lune. Des lacérations creusaient la peau des fesses, délimitées par d'épais replis de chair exsangue. Une excitation incontrôlable saisit Jean-Pierre, et la laine minérale vola en tous sens. Il pouvait presque voir le cadavre au complet. La femme était étendue sur le ventre, et son corps était couvert de blessures. Un détail, difficile à déterminer, lui fit un drôle d'effet. Il s'immobilisa, scruta le corps. Un malaise noua son estomac. Qu'y avait-il donc...

Le plancher s'ouvrit soudain sous ses pieds. Jean-Pierre chuta dans les ténèbres. Pendant un temps infini, il tourbillonna dans un puits sans fond, incapable même de crier. Il y eut un choc sourd.

Lorsqu'il ouvrit les yeux, il était étendu au sol, à côté de son lit.

Jean-Pierre broyait du noir. Lentement, il marchait en direction de chez lui, un sac de six bières sous le bras. Le type du dépanneur l'avait immédiatement reconnu, mais ne lui avait pas adressé la parole. Même qu'il l'avait plutôt dévisagé. Pourquoi? Était-ce donc un péché que d'habiter au 409, Champlain? Ces gens étaient-ils malades ou quoi? Xénophobes? Mon œil, pensa Jean-Pierre; il était originaire de Québec, pas de Tombouctou.

Une adolescente s'engagea sur le trottoir à quelques mètres devant lui. Elle portait un gilet ample et sans manches, et Jean-Pierre se demanda si elle portait un soutien-gorge. Il accéléra sensiblement le pas. Son short était assez court pour révéler de belles cuisses rondes, avec juste assez de gras pour trembler un peu à chaque enjambée.

Un chatouillement naquit dans son pantalon, et Jean-Pierre dut y enfouir une main pour mettre un peu d'ordre. Petite salope, pensa-t-il. Je t'emmènerais dans un coin sombre, j'enfilerais ma queue par le bas de ton short, par devant, par derrière, je pousserais de plus en plus fort, je te tordrais le cou, je...

Une femme venait à leur rencontre et il feignit de regarder ailleurs, le temps qu'elle passe. Lorsqu'ils furent à nouveau seuls, la petite tourna et se dirigea vers une maison. Pas de chance. Il continua, comme si de rien n'était.

Arrivé devant chez lui, Jean-Pierre s'arrêta et contempla sa massive demeure. L'idée lui vint de planter un écriteau sur le mince ruban de gazon de la façade : « Ceci n'est pas le 409, Champlain », juste pour voir si les gens du quartier allaient changer d'attitude à son égard. Mais il faisait trop chaud pour se donner tant de peine. Tellement chaud, en fait, qu'une espèce de vapeur s'élevait entre lui et la maison, un voile flou et épais. De plus en plus, d'ailleurs. Il essuya la sueur qui irritait ses yeux. La maison était maintenant diaphane, presque transparente. D'un coup, le terrain fut vide ; seul subsistait l'énorme érable, bien visible au-delà de la vapeur stagnante. Il y eut un grondement et tous les bruits ambiants se ruèrent sur ses tympans, déversant en lui confusion et étourdissement, jusqu'à lui donner la nausée. Jean-Pierre perçut des présences autour de lui, des voix, des gens en complet. Il tituba, mais reprit son équilibre. Sa vue était si trouble qu'il serra les paupières et se massa vigoureusement les yeux avant de regarder de nouveau.

Il était seul sur le trottoir, et le 409 était bien à sa place, tout contre l'arbre.

La sueur ruisselait sur son visage et ses yeux. Il essuya quelques gouttes sur son front. Tout va bien, pensa-t-il. C'est la chaleur. Par contre, le calme n'était toujours pas revenu dans son pantalon, et l'occasion était belle d'aller faire un peu d'exercice.

Il entra et monta à la salle de bain, où il se défit de ses vêtements.

Devant le miroir, il fit jouer son corps, l'admira, le caressa. Comme il s'attardait sur son sexe, Jean-Pierre se dit que ce sexe-là ne travaillait pas assez souvent. D'où les exercices. Ses pensées s'assombrirent. N'y avait-il pas un vide dans sa vie? Maintenant qu'il frôlait la quarantaine, n'était-il pas temps de se trouver une compagne? C'était ça, l'instinct qui pousse les gens à engendrer une descendance, à se perpétuer?

Pfff! mauvaises pensées! Voilà que son sexe ramollissait. Ce dont il avait besoin, c'était de baiser, de faire des choses intenses, sales, violentes. Il se détourna du miroir. Au diable les exercices. Une bonne douche lui ferait le plus grand bien. Après, retour à son manuscrit; Jean-Pierre *devait* en faire quelque chose (se perpétuer, peut-être?). Il se rendit chercher des vêtements propres dans sa chambre.

Il franchit le seuil, et poussa un cri de surprise.

Là, sur son lit, une femme presque nue!

Il s'approcha sur la pointe des pieds. La femme lui tournait le dos. Ses cheveux longs, bruns et bouclés s'étendaient en éventail sur l'oreiller. Sa peau était très pâle, et parfaite. Le creux de sa hanche mettait en valeur son postérieur rebondi, généreux et exquis. Le temps que Jean-Pierre pose un genou sur le lit, le ballottement entre ses jambes s'était mué en une oscillation beaucoup plus rigide. Il remarqua tout à coup la courbure singulière du dos de la femme, le tracé sinueux de sa colonne vertébrale. Ceci déclencha un tourbillon dans sa tête, où des parcelles d'images s'entrechoquaient, et où des mots se télescopaient. Pendant un instant, tout devint noir.

Manon. Le mot venait de se former dans son esprit. Manon, sa femme. Il regarda la chambre autour de lui. Manon. Il était marié. Évidemment, qu'il était marié. Il se pencha par-dessus l'épaule de sa femme, détailla un moment le petit nez retroussé, les lèvres charnues, les yeux… bruns, oui, bruns, pour l'instant clos. Puis son regard se déplaça vers les seins, à peine dissimulés par la chemise de nuit. Le contour d'un mamelon émergeait du tissu. Jean-Pierre l'effleura, puis le pressa. Manon bougea, marmonna, sans s'éveiller.

Son sexe était devenu un conduit d'acier où s'accumulait une pression énorme. Il approcha son visage du sein. Ce faisant, le bout de son gland fiévreux toucha le bas du dos de Manon et la pression augmenta dans le conduit.

Trop de pression. Jean-Pierre saisit son sexe et le fit glisser sur la petite culotte de sa femme. De l'autre main, il étira le tissu au haut de la cuisse et y enfouit son membre. Il poussa.

Manon s'éveilla en sursaut et se tourna sur le lit. Elle le contempla, les yeux d'abord embués de sommeil.

– Je rêve… c'est cette maison qui…

Son expression se durcit, puis devint franchement mauvaise.

– Mais qu'est-ce que tu fais là ? siffla-t-elle, les dents serrées.

– Mais… je…

– Je te l'ai déjà dit : pas de saloperies avec moi ! Et puis d'abord, si tu veux baiser, commence donc par me réveiller ! Pour qui tu me prends ?

Elle ramena une couverture sur elle.

– Mais enfin, ce n'est qu'un petit attouchement…

– Pas par en arrière !

– Ben, tu m'aimes ou tu ne m'aimes pas ?

– T'appelles ça de l'amour ? On n'avait pas tiré ça au clair, ces choses-là ? Tu m'écœures ! T'es juste une bête ! Un maniaque !

– Mais Manon…

Déjà elle s'était levée. Elle lui tourna le dos, le temps d'enlever sa chemise de nuit et de passer ses vêtements. Son regard était toujours aussi mauvais, son visage rouge, ses gestes brusques et maladroits — son dos la faisait visiblement souffrir. Elle prit quelques effets dans un tiroir et se dirigea vers la porte.

– Pas question que je couche ici ce soir ! Pas avec un animal !

– Où tu vas ?

– Ça ne te regarde pas ! Je reviendrai voir demain si tu es dans de meilleures dispositions. Sinon…

Elle tourna les talons, laissant Jean-Pierre nu et confus sur le lit. Confus et contrarié. Et frustré. Très frustré.

Jean-Pierre rabattit son poing sur le clavier.

« kiu77yyyy », afficha l'écran.

Rien à faire. Rien à faire !

Il ferma rageusement le document. Le menu apparut. « *Un cri dans la nuit*, trois kilo-octets, vendredi 30 juin. » Quatre jours plus tôt : « *Un cri dans la nuit*, trois KO. » Et la semaine précédente, même chose.

De l'autre côté de la fenêtre, un croissant de lune le narguait. Le gros érable, dont les branches effleuraient la maison, se moquait sans doute lui aussi dans la noirceur.

Jean-Pierre ne pouvait se concentrer sur les événements qu'il voulait décrire. Il ne voyait rien car, dans sa tête, il n'y avait que contrariété, déception et frustration. À cause de Manon. Il se remémora la sensation de son gland se frayant un chemin entre les fesses de sa femme. C'était bon. Mais, aussitôt, la réaction de Manon avait tout brisé. Elle ne voulait pas. Partie. Mais elle reviendrait demain. Oui? Demain. Demain, il verrait.

Dernier coup d'œil à l'écran. S'il est vrai que la nuit porte conseil, il ne pouvait qu'aller dormir.

Clic!

Le bruit l'avait réveillé. Un écho restait suspendu dans la maison, sourd et interminable. Cette fois, quand Jean-Pierre ouvrit les yeux, il se trouvait déjà à travers l'enchevêtrement de poutres. Ne flottait-il pas? Il avait beau chercher un contact sous ses pieds, son propre poids sur ses jambes, il n'y avait rien, pas même un chatouillement, ni une sensation de chaud ou de froid. Comment pourrait-il se déplacer dans ces conditions? Il pensa : « marcher », et tout à coup un changement de perspective s'opéra autour de lui, comme si une photo s'était superposée à une autre devant ses yeux.

Les poutres étaient tellement longues qu'elles semblaient se courber à l'infini. Certaines n'étaient rattachées à rien; elles dérivaient lentement, tels des corps célestes en quête d'attraction, traversant au hasard des pans de laine minérale, qui ondulaient doucement et soulevaient de paresseuses volutes de poussière.

Il passa sous une lucarne, en plein dans la lueur jaunâtre, et une bienfaisante chaleur l'envahit, une sensation de bien-être qui émoustilla chaque fibre de son corps.

Jean-Pierre reconnut de loin l'amas de laine minérale sous lequel gisait le cadavre, et son excitation grandit encore. La dépouille était presque découverte, jambes courtes et rondes, fesses lacérées, cheveux longs, bruns et bouclés. Soudain, comme l'autre nuit, le malaise se manifesta, sa gorge se serra, son estomac se tordit au creux de son ventre. Il observa la peau bleuâtre, se pencha. Le dos... n'était pas normal. Une importante déviation de la colonne...

Le plancher disparut sous ses pieds. En une seconde, le décor s'effaça, et Jean-Pierre chuta dans les ténèbres. Il n'y eut plus de temps, de lieu, de lumière. Jean-Pierre tombait. Et tombait. Il en perdit jusqu'à la sensation d'avoir un corps.

Un petit point lumineux dans un océan de ténèbres.

L'impression que des bruits surgissent du néant infini.

Les bruits se précisent : ce sont des voix.

Une fente entre les paupières. Le point lumineux devient feu éblouissant.

Puis, les sensations se bousculent. Un corps lourd, faible, en nage, agité de tremblements.

Il ouvre les yeux. Trois visages sont penchés sur lui, l'air inquiet. Les voix, d'abord brouhaha, se différencient, se séparent, s'éclaircissent.

Jean-Pierre sursaute. Il est étendu sur le trottoir.

— Ça va mieux, Monsieur Brodeur ? lui demande l'un des hommes, qu'il met une seconde à reconnaître.

— Vous nous avez fait une belle peur, dit un autre.

— Tiens, voilà mademoiselle Lavoie qui revient du dépanneur avec de l'eau fraîche, fait le troisième.

Plus loin, Jean-Pierre voit une femme aux cheveux longs et bouclés qui s'approche à grands pas. Il tourne la tête, aperçoit une grosse maison, avec le chiffre 409 inscrit près de la porte. Il ressent un choc.

La femme arrive près de lui. Elle se tient un peu penchée de côté, une épaule relevée par rapport à l'autre, comme si elle avait mal au dos. Elle s'agenouille, prend un mouchoir qu'elle imbibe d'eau et le passe sur le visage de Jean-Pierre.

– Manon...

Elle écarquille ses grands yeux bruns.

– Vous connaissez mon nom ? fait-elle timidement.

– C'est la maison qui vous fait de l'effet ? glisse un des hommes en souriant.

– Sans doute, répond Jean-Pierre, sans doute.

La brunette le fixe toujours. Leurs regards sont soudés l'un à l'autre.

– Alors, risque l'un des hommes, toujours intéressé ? Pensez-vous l'acheter ?

– Oui, répond Jean-Pierre.

– Sans même la visiter ?

– Je ne crois pas que ce soit nécessaire.

Il tend un bras jusqu'au visage de la brunette, touche du bout des doigts son petit nez retroussé. Elle rougit. Il l'aime, il la veut. Il va lui demander sa main.

Et il sait déjà qu'elle va accepter.

Pour le meilleur.

Et pour le pire.

Pastis

Didier Féminier

Comme on dit en chirurgie,
son amour n'était plus opérable.
PROUST, *Un amour de Swann*

L'ORAGE grondait, la pluie noyait la laideur de
la ville, la noirceur avait envahi les parcs en
plein milieu de l'après-midi. Deux étages
sous terre, à l'intérieur du Pansabar de l'hôtel Sancho,
on n'entendait que le tintement des glaçons dans les
verres. Je devrais dire dans mon verre, puisque j'étais
le seul client.

D'Arcy, qui lisait Proust derrière le comptoir, s'es-
claffa. Curieux effet provoqué par l'auteur renommé
sur un barman qui s'ennuie un après-midi d'été.
Conscient de ma surprise, il cessa de rire et dit dans
son charmant accent anglais :

— Comment peut-on écrire des bêtises pareilles et
être célèbre ?

D'Arcy était un gentleman : il avait compris que
mon bonheur de boire le pastis augmentait en raison
de la chaleur. Pour me faire plaisir, il avait réduit la cli-
matisation. Je détestais cette manie canadienne de
vouloir prolonger les six mois d'hiver par six mois d'atmosphère glaciale dans les endroits publics.

Le Pansabar était le seul bistrot en ville dont les napperons me convenaient. Il ne s'agissait pas de « sous-verre » ronds en cellulose, mais bien de rectangles de papier qui ajoutaient une touche de couleur pastel à la surface noire du comptoir et des tables. En outre, ils n'étaient ornés que d'un sobre sigle de l'hôtel Sancho. Ils laissaient place à la créativité du client.

D'Arcy avait été fort intrigué par ma lubie, puis il s'y était fait. Il savait qu'il ne devait pas poser mon pastis sur le napperon, mais à coté. J'attendais que mon verre se couvre de buée pendant que je choisissais un endroit sur le napperon pour l'y déposer. L'eau suintante laissait un rond parfait sur le papier. En répétant l'opération, je constituais des motifs.

J'ai fait beaucoup d'emblèmes des Jeux olympiques au début. Puis des rosaces. Finalement, je laissais ma main aller où bon lui semblait. Toutefois, je prenais parfois mon stylo et agrémentais les figures circulaires d'autres traits automatiques.

Un pastis, un dessin : c'était la règle. D'Arcy avait pour consigne de conserver toutes mes œuvres — au cas où je deviendrais célèbre — et je l'arrosais de pourboires assez généreux pour qu'il respecte ma lubie. Ah oui ! C'est vrai, mieux vaut le dire tout de suite : je m'appelle Jean, je suis éditeur et je suis riche, très riche. Je suis aussi seul, très seul. Par choix. Mais ce soir-là, je trouvais mon choix très lourd. Peut-être le pastis n'avait-il plus sur moi cet effet de me ramener dans la bonne humeur du soleil de Provence.

J'étais plongé dans ma troisième œuvre d'art — donc mon troisième pastis — quand la porte s'ouvrit et une tornade s'engouffra dans le Pansabar. Une torche vivante. En fait, c'est plutôt moi qui m'enflamme dans ma description. La passion qui m'anime encore me fait décoller dans une de ces envolées lyriques qui sont, je l'avoue, un peu exaspérantes. La torche vivante : une jeune femme superbe à la chevelure rousse. Et je me retiens, croyez-moi, pour ne pas écrire « à la chevelure de feu ». Je m'étonnai de voir cette crinière gonflée et triomphante, donc parfaitement sèche, alors que la robe rose ruisselait de pluie et, bien entendu, collait à la jeune peau laiteuse. La femme s'avançait et je ne pouvais détacher mes yeux de ses seins sous le coton mouillé. Sa féminité m'atteignait en plein plexus, peut-être même plus bas.

— Ça, c'est une sacrée bonne idée de ne pas frigorifier le bar ! dit-elle en marchant. Je me suis gelée en courant sous la pluie, et congelée en traversant le hall de l'hôtel. J'ai besoin d'un café cognac. D'urgence.

D'Arcy, en bon gentleman, détacha son regard d'où se trouvait encore le mien et se précipita sur la cafetière. En un tour de main, il versa un double cognac dans une tasse de café fumant que la jeune femme engloutit d'un trait. Pendant ce temps, je fouillais dans mon sac de tennis pour en sortir une serviette éponge, une robe du soir et des escarpins ! Invraisemblable, mais vrai : mon ex-compagne, lors de son départ houleux vers un nouvel amant moins amateur de solitude que moi, avait oublié cette robe. Récemment, elle m'avait rappelé pour récupérer ses vêtements. Je les avais fourrés dans mon sac, puisqu'elle habitait tout près du club de tennis.

Je plongeai mon nez dans la robe, non pas pour respirer le parfum de la femme qui l'avait portée, mais pour m'assurer que mes chaussures de tennis n'avaient pas embaumé d'effluves indésirables le tissus vaporeux.

Heureusement, le vêtement était intact. Fier d'une aussi heureuse coïncidence, je m'approchai de la rousse dégoulinante, au bout du bar. Sans dire un mot, je lui tendis la serviette, la robe et les escarpins.

— Alors là, ça c'est fort ! Vous m'attendiez, ou quoi ?

— Les voies du Seigneur sont impénétrables, répondis-je avec l'air d'un collégien maladroit, tant ma voix chevrotait.

Il y avait de quoi chevroter aussi. Je discernais maintenant mieux ses traits. Jamais je n'avais vu visage plus séduisant. Une douceur absolue dans les yeux et une mâchoire plutôt carrée, révélant une femme volontaire. Sous des sourcils roux foncé, des yeux verts pénétrants. Son nez plutôt large et puissant était un signe manifeste de force vitale. Sa lèvre supérieure se posait comme un baiser furtif sur une lèvre inférieure pulpeuse. Et de ce cou, j'avais déjà la pulsion tenace de mordre la chair pâle.

— La taille devrait aller, mais je crains pour la couleur, dis-je, avec plus d'assurance.

— Il est temps que l'on cesse de vouloir habiller toutes les rousses en vert, répondit-elle, une pointe d'irritation dans le regard. Vous allez voir comme le noir me va bien.

Ça, ça me plaisait. Pas de chichis pour la robe, pas de « mais non, je ne pourrais pas accepter ! », pas de « Mais Monsieur, je ne vous connais pas ! » Elle était trempée, elle avait besoin de se sécher et de se changer. Un homme lui offrait une serviette, une robe et des chaussures : elle acceptait. J'appelle ça du sens pratique. Une femme efficace. Mon type.

À peine fut-elle partie en direction des toilettes, je me tournai vers D'Arcy et lui dit, en le tutoyant pour la première fois :

– Pince-moi, mon petit D'Arcy. Je rêve, non ?

– Je n'oserais pincer monsieur, mais je peux l'assurer que cette tornade rousse est vraiment entrée dans le bar.

La petite robe noire revint. Elle déshabillait la rousse encore plus que ne le faisait la robe trempée. Et ces petits pieds dans les escarpins ! Je ne pouvais en détacher mes yeux. Mes sens remontaient le long des chevilles fines, caressaient ces jambes tendres, respiraient le parfum des genoux, glissaient le long des cuisses douces et lisses, atteignaient la toison de feu...

– Trouvez-vous que les chaussures ne me vont pas ? dit une voix lointaine.

Les chevilles adorables vinrent s'accrocher à un barreau du tabouret voisin du mien.

– Euh... fis-je, incapable d'articuler un mot, embarrassé de me trahir par mes regards lubriques.

– Dites donc, vous, est-ce que vous gardez toujours la tête en bas, comme ça ?

Cette fois, j'étais rouge écarlate. Je me relevai, assez vite pour surprendre l'air amusé de D'Arcy, derrière son bar. En une fraction de seconde, il se ressaisit.

– Qu'est-ce que je vous sers ?

– Je paie la tournée, dit-elle. Pour monsieur, ce sera certainement la même chose et moi, ce sera la même chose que monsieur.

– Vous aussi, vous aimez le pastis ? lançai-je, en voulant donner l'air d'avoir récupéré mes esprits.

– Rien de meilleur quand il fait chaud ! Avec beaucoup de glace, s'il vous plaît, Monsieur... Monsieur qui ?

– D'Arcy, répondit-il, tout émoustillé par la déesse qui voulait connaître le nom du barman avant celui de son bienfaiteur.

J'étais quand même un drôle de bienfaiteur. Ma petite amie m'avait quitté et ça me prenait une minute pour refiler sa robe à une parfaite inconnue.

– Et qu'est-ce que vous faites avec cet attirail de femme dans votre sac de tennis ?

Je lui donnai les détails de cette VIEILLE histoire, bel et bien FINIE. Puis, je lui demandai pourquoi, malgré la pluie à torrents, ses cheveux étaient secs, mais je n'osai m'enquérir de son nom. Pourtant, c'est son nom qu'elle me donna tout de go.

– Je m'appelle Pamela. Jamais Pam ! Je portais un livre enveloppé dans un gros sac de plastique quand la pluie a commencé. Je me suis mis le sac sur la tête et j'ai gardé le livre à la main. En arrivant ici, le bouquin était tellement trempé que je l'ai jeté dans la première poubelle. J'ai aussi enlevé le sac. Je pense que mon entrée était pas mal réussie, non ? Mais, ça m'ennuie d'avoir perdu mon livre : c'était aussi une VIEILLE histoire, mais pas FINIE, loin de là ! Je venais tout juste de commencer à le lire.

D'Arcy, les verres de pastis en main, demanda de quel livre il s'agissait.

– *La Recherche du temps perdu*, de Proust. Un gros bouquin.

Il sourit et voulut poser le verre sur le napperon devant Pamela.

– Non ! cria-t-elle.

D'Arcy faillit tout lâcher.

– Excusez-moi, D'Arcy, mais je préfère le placer moi-même sur le napperon.

Le sourire de D'Arcy s'accentua. Il constatait qu'il avait affaire à une maniaque de mon acabit : une dessinatrice de fonds de verres sur napperons. Ainsi, nous avions, la rousse Pamela et moi, tout un terrain d'entente, même s'il était l'antichambre de l'asile psychiatrique.

Ce fut une soirée magnifique. Nous ne nous rendîmes jamais compte que des clients vinrent et repartirent. Nous mangeâmes au bar en nous racontant les meilleurs moments de nos vies, teintés de nos meilleurs mensonges! Et nous fîmes, chacun, cinq œuvres sur napperon, ce qui représente quand même beaucoup de pastis! À onze heures, j'étais amoureux fou de Pamela. Et elle se mit à me parler d'amour.

– Je fais bander tous les hommes sur mon passage, commença-t-elle. Moi, je les trouve tous charmants. Mais aucun d'eux n'a testé son érection sur moi. Je suis encore vierge, car je n'ai jamais pu choisir parmi tous ces beaux étalons. Je m'en voudrais pour le reste de ma vie si je faisais un mauvais choix. Alors, je m'abstiens.

Mon entreprise de conquête semblait compromise. Comment pourrait-elle me choisir, moi, un homme d'âge mûr, sportif, mais un peu alcoolique, pourri par l'argent et pas mal blasé? Ah! j'oubliais : joueur aussi!

Le jeu! J'avais là une solution à l'indécision de Pamela. Le jeu, combinaison d'intelligence mathématique et de hasard. Il mène nos vies à notre insu : le plus futé ou le plus chanceux gagne le cœur (et le corps) de la princesse, comme dans les contes de fées. Et quand j'en édicte les règles, je m'arrange toujours pour gagner!

– Tiens Pamela, pourquoi on n'inventerait pas un jeu pour trouver l'incroyable veinard appelé à partager ta couche? Comme dans les contes pour enfants,

imaginons un défi pour déterminer qui gagnera la
princesse. Et puis, le hasard du jeu a une conscience :
il prendra soin de te donner le meilleur. En fait, rien
n'arrive jamais pour rien.

— Tu es encore plus fou que moi. Je t'adore rien
que pour ça, dit-elle en m'embrassant le dos de la
main. Ça me plaît pas mal ton histoire de conte de fée
à dormir debout. Parlant de dormir, c'est le temps
pour moi d'aller au dodo. Salut Jean, salut D'Arcy !

D'Arcy s'approcha avec un paquet qu'il tendit à
Pamela.

— Vous avez illuminé ce bar comme un feu d'arti-
fice, dit-il. Permettez-moi de vous remercier d'une
modeste façon.

Dans le paquet, il y avait son livre de Proust, sans
doute le même que Pamela avait jeté. Quel gentleman,
ce D'Arcy !

Elle avait marché jusqu'à la porte et allait disparaître de mon existence. Mon amour éternel s'éclip-
sait. Non, non, Maîtres du Destin, je vous en prie !

— T'inquiète pas, je t'ai laissé mon adresse, grand
fou. La princesse attendra son prince charmant !

Et la flamme rousse disparut.

Déjà cent quinze jours depuis cette nuit d'août où
une étoile filante a glissé dans mon univers.

Il vente et il neige. Deux étages sous terre, au
Pansabar de l'hôtel Sancho, il fait froid, toujours froid
depuis bientôt quatre mois. Le barman s'appelle Jean-
Pierre, un français chiant qui ne parle que de soccer et
du Mundial dont je n'ai rien à foutre. D'Arcy a laissé
son emploi pour ouvrir un bar dans le Vieux Montréal.

Je n'ai pas le cœur d'y aller. Ce gentleman est trop rattaché au souvenir qui me mine.

Je n'ai pas trouvé d'adresse sur les napperons que Pamela avait décorés. Rien. Pourtant, elle avait bien utilisé mon stylo. Elle avait dessiné des bonshommes avec des moustaches. Et des bouteilles de toutes les formes. Que des dessins. Elle m'avait menti.

– D'Arcy..., non, Jean-Pierre. Amenez-moi un autre café cognac, s'il vous plaît.

Je ne lève pas la tête quand Jean-Pierre dépose la tasse sur mon napperon. Mais je sursaute quand j'entends une voix familière :

– Monsieur ne fait plus de ronds sur ses napperons ?

– D'Arcy ! fais-je sans me retourner, une boule de joie dans la gorge. Quel plaisir de vous revoir !

Quand je le vois, mon sourire se fige. Il porte maintenant une moustache et il tient dans la main droite un cintre. Sur le cintre, la robe noire. Dans sa main gauche, les petits escarpins.

– Pamela m'a prié de vous remettre ceci. Elle m'a dit de vous remercier pour le précieux conseil.

– Quoi, quel conseil ? Qu'est-ce que c'est que cette histoire ?

– Le jeu de hasard. Le défi. Le plus chanceux ou le plus habile gagne la princesse qui ne sait quel chevalier choisir. Pamela a enfin trouvé.

– Quoi !

– Son adresse, elle l'avait bien laissée sur tous ses napperons, reprit D'Arcy. Elle avait dessiné 88 8 avec le fond des verres. J'ai compris qu'elle habitait au numéro 88, 8e Avenue, à Gatineau. Je suis allé la voir, le lendemain, avec une boîte de madeleines, à cause de Proust. Elle m'a dit que j'avais gagné le concours, puisque je l'avais trouvée. On est ensemble depuis ce temps là. Vous devriez venir nous voir à notre bar, *L'Amour de Swann.* C'est une boîte gaie.

D'Arcy, un gentleman ? Quel salaud !

La Bête du 66, rue Front

Normand Grégoire

MAÎTRE Gilles Piché arpentait le corridor qui menait à l'aile des cellules à sécurité maximale et il ne pouvait réprimer sa nervosité. Il devait défendre Réjean Bastien, alias la Bête du 66, rue Front.

Le policier qui l'accompagnait semblait mal à l'aise. Comme tout le monde, les deux hommes avaient vu les reportages atroces réalisés par la télévision et les journaux au domicile du prévenu : le sinistre puits creusé à même le plancher du sous-sol, au-dessus duquel se balançait doucement une sorte de cage sphérique dont les barreaux, maculés de taches brunâtres, s'hérissaient de lames acérées. Ils se rappelaient aussi les instruments de torture éparpillés sur le sol, où du sang et de la cendre formaient une épaisse couche noirâtre, les trois cuves d'acide sulfurique où des restes humains achevaient de se dissoudre, et les larges fosses où s'entassaient des masses inextricables de cadavres enduits de chaux vive rendant les corps impossibles à identifier. Pire encore, ils ne pouvaient soutenir les images de ces quatre jeunes filles faméliques maintenues dans un état de saleté repoussante,

les lèvres cousues et le corps couvert de plaies puru-
lentes. Enfermées dans une chambre exiguë, elles
attendaient avec résignation qu'on les immole.

Gilles Piché s'assit à la petite table au milieu de la cellule où le prévenu l'attendait. Il ouvrit sa mallette et se
tourna vers Bastien, qui l'observait depuis sa couchette.

— Monsieur Bastien, je m'appelle maître Piché. Je
suis votre avocat. Afin que je puisse vous représenter
convenablement, j'ai besoin que vous me racontiez
tout, absolument tout, dans les moindres détails. J'ai
apporté un magnétophone, je vous demande la permission de m'en servir. Ne croyez surtout pas que l'enregistrement peut être utilisé contre vous. C'est
simplement pour nous faciliter la tâche, comme je
n'écris pas vite…

Un silence lourd tomba. Le présumé meurtrier
paraissait détendu : couché, les bras repliés sous la
nuque, les jambes croisées, il fixait l'avocat. Une lueur
étrange brillait au fond de ses yeux.

— Les meurtres vont continuer : rien ne peut l'arrêter.

— Que voulez-vous dire par cela ? Vous comptez
perpétrer d'autres assassinats à partir d'ici ? De cette
cellule ?

L'accusé ignora la question et entama son récit.

« Mon nom est Réjean Bastien. J'ai passé huit ans
dans l'armée où je me suis spécialisé en informatique.
J'ai quitté les Forces l'an dernier, peu après m'être
marié. Ma femme s'appelait Brigitte Dumont. Nous
avions fait l'acquisition de la maison de la rue Front, à
Aylmer, où nous menions une vie sans histoire. Le cauchemar a commencé à notre retour de vacances.

Je conduisais. Mon épouse somnolait à côté de
moi lorsque, un peu passé Limoges, je remarquai une

voiture stationnée en travers de la route. Je changeai de voie pour l'éviter et j'aperçus une femme qui courait dans le ravin. Elle fuyait un homme qui tentait de la poignarder avec un long couteau. Je me portai aussitôt à son secours. Après une courte lutte, je réussis à maîtriser l'agresseur. Peu après, une ambulance emmenait la jeune femme à l'hôpital Montfort pendant que les policiers embarquaient l'individu.

Je n'aurais jamais dû intervenir pour l'empêcher de la tuer, car il aurait rendu un grand service à l'humanité. Elle s'appelait Erzébeth Bathory. Elle descendait d'une très ancienne et très illustre famille de Hongrie et portait fièrement le titre de comtesse de Csejthe. Son agresseur, amant éconduit, ne se remettait pas de leur séparation. La jalousie et le désespoir le poussèrent à cet élan de folie. Du moins, la police en arrivait à cette conclusion. Bien que grièvement blessée, elle se remit sur pied assez rapidement. Brigitte et moi lui rendions régulièrement visite à l'hôpital et les deux femmes se lièrent d'amitié.

Quand Erzébeth reçut son congé, nous l'invitâmes à souper pour célébrer son rétablissement. Elle nous raconta des histoires fascinantes sur son pays, que nous écoutions rivés à ses lèvres. Comme la nuit avançait et que je devais travailler le lendemain, je pris congé en invitant les deux femmes à poursuivre leur conversation si elles en avaient envie.

Quelques heures plus tard, des hurlements déchirants me tirèrent du lit. Je me précipitai au salon, Brigitte y courait en tous sens, comme une poule à qui on a tranché la tête. Son corps couvert de sang ne ressemblait plus qu'à une plaie. Au milieu de la pièce se tenait Erzébeth, métamorphosée en un démon difforme avec un goitre proéminent, la peau écailleuse et gluante, la tête chauve, boursouflée, les yeux exophtalmiques et trois bouches garnies de dents carnassières. Stupéfait, je me sentais incapable de réagir. De toute façon, le monstre ne m'en laissa pas le temps : d'un geste vif, il me leva de terre et me projeta violemment contre le mur.

Lorsque je repris mes sens, le cadavre de ma femme, tassé sur lui-même, gisait près de moi, pendant que la créature démoniaque s'enduisait le corps de son sang. Lorsqu'elle eut terminé, elle entra dans une torpeur qui dura près d'une demi-heure. Peu à peu, sous l'effet du précieux liquide, les traits terrifiants du démon s'estompèrent pour laisser place à ceux, séduisants, d'Erzébeth. Elle retrouvait sa peau douce, son visage blanc comme marbre, ses cheveux souples et ondoyants, d'un noir de jais, qui recouvraient ses épaules et son dos. Elle se leva, belle et troublante, avec cette réserve farouche qui la caractérisait, et jeta sur moi son regard insoutenable, profond, grave et insondable. Elle m'ordonna de lui donner à manger. Ensuite, elle m'engagea dans ce qu'elle appelait une joute amoureuse, où elle se révéla être une partenaire à la fois insatiable et redoutable.

Mais la comtesse de Csejthe ne tarda pas à reprendre son apparence répugnante. Elle m'obligea à rabattre pour elle des victimes que j'allais chercher en Ontario et dans la région de Montréal. Je racolais des filles dans les bars, ou bien je me ramassais une prostituée. Il me fallait obéir, sans quoi Erzébeth me promettait les pires souffrances. Je savais ce dont elle était capable. Elle fondait sur sa proie telle une araignée et, en un rien de temps, la malheureuse se voyait dénudée et ficelée. Puis, armée d'une baguette de fer dont elle éprouvait la flexibilité, elle lui zébrait d'abord le visage, fendant les lèvres, les tempes, le nez, puis sillonnait le dos, les seins, le ventre et les jambes. Venait ensuite le sacrifice. Erzébeth débutait par coudre les lèvres de la suppliciée, les cris de douleur lui donnaient de violents maux de tête. Elle lui tranchait la gorge et recueillait le sang, qui jaillissait par saccades, dans une baignoire sur pieds. Après coup, elle s'acharnait sur les veines des bras et pressait la fille jusqu'à la dernière goutte. Elle se glissait finalement dans le liquide chaud en tressaillant et en récitant des incantations. Elle promenait ses mains poisseuses partout sur son corps pendant qu'une odeur fade emplissait toute la pièce.

La folie sanguinaire de la comtesse a augmenté en intensité et m'a forcé à être moins précautionneux dans ma sélection. Obligé d'agir à la hâte, je ramenai une catin de la rue Murray, à Ottawa. Son agonie fut longue. Erzébeth la larda de coups d'épingle tandis qu'elle exécutait autour d'elle une sorte de ballet macabre. Ce jeu dura longtemps et l'absorba tellement qu'elle ne se rendit pas compte que je quittai la salle pour m'épargner l'affreux spectacle. Malgré la crainte que m'inspirait cet être diabolique, je ne me sentais plus capable de l'assister dans ses rituels sanglants. Je sortis pour prendre un peu d'air et fis face à un homme!

C'était le proxénète. Il nous avait suivis et venait pour l'argent. Je savais que, tôt ou tard, je me retrouverais devant quelqu'un à la recherche de l'une ou l'autre des jeunes femmes et je m'étais préparé à cette éventualité : je gardais en permanence un revolver sur moi. L'arme au poing, je contraignis l'individu à m'accompagner au sous-sol. Je le dirigeai vers une pièce adjacente à celle où se trouvait Erzébeth et, après l'avoir menotté à une chaise et bâillonné, je l'enjoignis de regarder par une fente.

Le martyre de la putain se prolongeait. Avec des pinces coupantes, la comtesse lui découpait la peau du cou en minces lanières. Puis, elle lui saisit la bouche et tira de chaque côté jusqu'à ce qu'elle déchire aux commissures. Après quoi, elle lui enfonça un fer à friser brûlant profondément dans la gorge.

Une fois le monstre à nouveau en proie à sa torpeur, je retournai voir mon prisonnier. Une terreur indicible se lisait sur son visage. Il ne me fallut pas beaucoup d'efforts pour le convaincre que j'étais sous la domination d'Erzébeth, dont je voulais me débarrasser à tout prix. Mon revolver fut suffisamment convaincant. Il accepta de m'aider. Comme nous ne savions pas comment détruire une pareille créature, nous échafaudâmes un plan emprunté aux films d'horreur. Nous devions planter un pieu dans le cœur d'Erzébeth, lui couper la tête et l'enterrer dans une sépulture bénie. Nous avons profité de son inertie temporaire pour la transporter dans un cimetière. Par bonheur, il faisait nuit. L'obscurité facilita notre travail.

Nous sélectionnâmes une sépulture perdue derrière des haies d'arbustes sauvages, dans la vieille partie de la nécropole. Pendant que mon complice creusait la fosse, je mis le pieu à l'emplacement du cœur et frappai le premier coup. Des phares se sont alors allumés. Absorbés par notre besogne, nous ne nous étions pas aperçus qu'une demi-douzaine de voitures de police nous avaient encerclés. Le proxénète parvint à s'enfuir. Moi, je me rendis sans offrir de résistance. »

De retour chez lui, maître Piché écouta à plusieurs reprises ce curieux récit. Des coupures de journaux jonchaient sa table de travail. Sur l'une d'elles, où apparaissait une photo de sa dernière victime, on pouvait lire en gros titre : *La Bête du 66, rue Front capturée ?* L'avocat constata que la jeune femme sur la civière, d'une beauté froide et hautaine, possédait un regard troublant.

La sonnerie du téléphone le fit sursauter.

Arrivé à la morgue de l'hôpital, il reconnut son client. Mais, le cadavre de Bastien, apparemment assassiné par des prisonniers, était exsangue. Ébranlé, Piché se dirigea vers une machine à café. Il y déposa son argent et attendit. Aucun verre ne tomba et le liquide chaud se perdit dans le réservoir.

– Tenez, je vous offre le mien.

L'avocat tourna la tête. Elle se tenait là, en jaquette d'hôpital, avec son visage blafard, ses longs cheveux noirs, et son regard insoutenable. Elle lui tendait sa tasse de café. Il reconnut la fille de la photo. C'était Erzébeth.

– Je sors de l'hôpital aujourd'hui, peut-être pourrions-nous manger ensemble ?

Un frisson parcourut l'échine de maître Piché.

12, quai du lac Saint-Pierre

Jacques Lalonde

CONFORTABLEMENT allongé sur la chaise, au milieu de son quai, François savourait la douceur de ce matin de juillet. Pas une ride sur le lac Saint-Pierre. Seuls, les premiers rayons du soleil s'amusaient au jeu de réflexion sur la surface limpide. De temps à autre, des libellules venaient au-dessus de l'eau, pour s'envoler peu après. Rien ni personne n'avait encore troublé la sérénité absolue des lieux. François huma l'air pur et éprouva le bien-être de l'harmonie parfaite avec la nature. Il ferma les yeux et s'abandonna à la somnolence qui l'envahissait.

Il rêvassait et se voyait à la conduite d'un planeur qui glissait dans un ciel sans nuages. Le doux sifflement de l'appareil supporté par l'air lui caressait l'oreille comme une mélodie inspirée par l'été. Mais le sifflement s'accentua et devint vrombissement. François sursauta. Il entrouvrit les yeux. Au loin, le point blanc d'un bateau à moteur se déplaçait.

Quelques instants plus tard, l'embarcation décrivit une courbe dans la baie où flottait le quai. François aperçut alors, à une centaine de mètres de lui, tirée par le câble qui l'entraînait, une jeune fille vêtue d'un maillot bleu azur. Le yacht contourna la pointe de la baie, le bruit s'atténua et le calme revint.

Le bateau refit sa route en sens inverse et fonça à vive allure pour, ensuite, effectuer un virage. La skieuse repassa très près du quai. Cheveux blonds au vent et ensoleillés de lumière matinale, fière et certaine de l'effet de sa performance, désinvolte et large sourire aux lèvres, d'un geste gracieux comme l'envol d'une hirondelle, elle lui envoya un salut chaleureux de la main. François amorça un geste en guise de réponse, mais elle avait disparu.

Le lendemain matin, François se retrouva sur son quai, couché sur le dos à contempler le ciel qui lui rappelait l'apparition de la veille. Le même scénario se reproduisit. Il en fut de même dans les jours qui suivirent, jusqu'à ce qu'un matin, la skieuse pousse un cri et se jette à l'eau après avoir lâché le câble.

– Bonjour ! Vous permettez que j'emprunte votre quai pour repartir ?

François lui tendit la main pour l'aider à monter. Quelle ne fut pas sa surprise de voir sortir de l'eau la jeune femme toute ruisselante et vêtue cette fois d'un bikini réduit à deux étroites bandes. Une recouvrait des seins bien tendus, l'autre cachait à peine le triangle d'or de son mont de Vénus. Une mince courroie encerclait sa taille de déesse et s'engouffrait plus bas en soulignant bien les rondeurs.

– Monsieur, votre quai se situe à mi-chemin de mon trajet de ski. Me permettez-vous d'y faire une pause à chacune de mes tournées ?

Ainsi s'engagea la conversation. François découvrit qu'elle s'appelait Jacynthe et qu'elle étudiait en

administration. Elle se cherchait un emploi temporaire qui lui permettrait de terminer ses études. Plus
tard, elle souhaitait travailler comme adjointe adminis-
trative dans une petite entreprise.

François s'efforçait de lui donner l'impression d'ac-
corder la plus grande attention à ses projets d'avenir. Il
y parvenait, mais au prix d'efforts épuisants, car il
devait résister à la séduction et à la douceur infinie des
yeux bleus de sa visiteuse, aux traits fins et réguliers de
sa physionomie de nymphe et au teint cuivré de sa
peau. Il était fasciné par le mouvement perpétuel de
ses mains et de ses longs doigts effilés, qui battaient
l'air quand elle parlait d'une voix douce.

– Je vais repartir maintenant, avant que ne s'impa-
tiente mon voisin.

Elle s'assit tout au bout du quai, fixa son ski et se
mit en position de départ.

– Me prêteriez-vous votre serviette de bain ? Je
m'en servirais comme coussin. Votre quai est rugueux.
Je suis certaine, ajouta-t-elle en s'esclaffant, que vous
ne voulez pas que je m'égratigne les fesses !

François se préparait à lui tendre la serviette
quand il la vit se soulever de quelques centimètres, à
l'aide de ses bras ; elle l'invitait à la placer lui-même
sous elle. Au moment où il s'exécuta, elle se laissa
tomber sur ses mains.

– Mais que faites-vous donc, petit coquin ! lui dit-
elle, en riant à gorge déployée.

François allait se confondre en excuses, quand,
tout à coup, elle donna le signal du départ et se mit à
glisser sur l'eau comme une sirène.

Désormais, François n'allait plus exister que
pour attendre les jours où la jeune femme viendrait

reprendre son souffle chez lui, au 12, quai du lac Saint-Pierre.

Et elle fut au rendez-vous tous les jours pendant les deux semaines qui suivirent. Beau temps, mauvais temps.

Même que François trouvait trop brefs les arrêts de la belle. Alors, un jour, il décida de préparer un déjeuner sur le quai. Hélas ! il dut inviter aussi le propriétaire du bateau ! Quelle frustration de devoir s'intéresser aux propos de ce riche vacancier qui lui volait l'intimité tant convoitée ! À la fin du déjeuner, Jacynthe se pencha vers François et lui dit à l'oreille :

— Puis-je me servir de votre salle de bain ?

François lui tendit la main pour l'aider à se relever et la conduisit dans sa demeure. Dans sa hâte, Jacynthe ne ferma pas complètement la porte. Le chuintement mélodieux de son soulagement parvint à François, qui ferma les yeux.

Lorsqu'elle reparut, François l'invita à dîner.

— Venez ce soir. Surtout, ne dites pas non. Il faut se revoir, lui murmura-t-il.

Elle arriva à la brunante. Vêtue d'une robe blanche, sans autre apparat que sa beauté, elle étincelait dans le clair-obscur. François chancela devant l'apparition. Il ne lui dit rien ; il en était tout simplement incapable. Il l'embrassa doucement dans le cou et leva les yeux pour contempler les siens dans la pénombre. Ses lèvres se rapprochèrent des siennes. Il huma le souffle chaud de ses narines et l'embrassa si doucement qu'elle entrouvrit les lèvres et laissa couler dans sa bouche un nectar qui l'enivra.

La nuit tombée, ils passèrent à table, dressée comme un chant d'amour et de tendresse. Une rose baignait dans un bocal entre deux bougies. François faisait le service. Jacynthe mangeait avec appétit, éblouie par la qualité des mets et impressionnée par le déroulement du repas. Au dessert, devant l'assortiment de fruits rouges qui décorait une colline de crème Chantilly, la jeune femme laissa libre cours à son désir. Elle enroula ses bras autour de la taille de François, puis descendit lentement sa fermeture éclair et le caressa.

Le signal des ébats, qui ne s'achevèrent qu'au petit matin, était donné. Les vêtements s'envolèrent, les corps s'enlacèrent. On dégusta les fruits rouges à la crème dans l'accomplissement des rites de l'amour. Les amants réclamèrent tour à tour un peu de répit.

Trois années suivirent cette nuit qui avait scellé l'amour de François pour sa visiteuse venue de l'onde. Tout s'enchaîna selon les aspirations de la jeune femme. La cérémonie de leur mariage fut inoubliable. Quelle fête champêtre : défilé des plus beaux bateaux du lac, musique sur l'eau, flambeaux, la jeune mariée en robe blanche et François, en « tuxedo », fleur à la boutonnière.

À la demande expresse de l'ondine bien-aimée, le mariage avait été célébré sur le quai, lieu béni de leur première rencontre.

François filait le parfait bonheur.

Jacynthe devint son adjointe à la compagnie qu'il dirigeait et s'inscrivit aux cours du soir. Grâce à l'appui soutenu de François, elle passa son certificat avec brio. D'adjointe, elle devint sa partenaire. En trois ans, la jeune femme avait accompli tous ses rêves. Enfin, presque tous.

Un soir où elle était sortie avec une amie, François, épuisé par une pénible journée, se mit au lit de bonne heure.

À son réveil, il constata que Jacynthe n'était pas rentrée. Il se dit qu'elle avait sans doute passé la nuit chez sa compagne, ce qu'elle avait pris l'habitude de faire dernièrement. Comme tous les jours de beau temps durant ses vacances, il descendit vers le quai, où il s'allongea pour savourer la sérénité matinale de cette belle journée de juillet.

Après une heure d'attente, toutefois, François commença à s'inquiéter. Il décida d'aller chercher son téléphone cellulaire, au cas où elle voudrait le prévenir.

Vers dix heures, un messager l'interpella. Il signa le récépissé d'une lettre recommandée. Un avocat l'informait que sa jeune femme bien-aimée réclamait la moitié de ses biens dont le 12, quai du lac Saint-Pierre.

Ce soir-là, un immense feu illuminait le lac Saint-Pierre. Au large, un quai sans amarres brûlait et les flammes léchaient passionnément une robe blanche sur un « tuxedo » noir.

Le trompeur ensorcelé

Eugène Bénito Estigène

IL ME REVIENT en tête la soirée au cours de laquelle Carlo avait rencontré Romance au restaurant L'eau vive.

Sa notoriété portait ses amis intimes à surnommer Carlo, ironiquement, « ministre de la Condition féminine », le M.C.F.

Il était assis à ma table, lorsque, piqué par je ne sais quel motif, il s'excusa.

– Je te reviens dans quelques minutes.

Telle une flèche, je le vis se diriger vers la table où une jolie dame, dans la pénombre, mangeait en solitaire.

– Bonsoir, Madame.

– Bonsoir, Monsieur Carlo Cinéas, lui dit-elle.

Surpris, il dévisagea son interlocutrice.

– Est-ce qu'on se connaît?

– Pas personnellement, mais j'ai souvent entendu parler de vous.

– Ah bon! Auriez-vous l'amabilité de vous présenter, chère madame, lui dit-il d'un air galant.

Timide, elle détacha une à une les syllabes de son nom :

– Ro-man-ce San-ti-ni.

– Romance Santini. Cela me dit quelque chose. Enfin, puis-je vous tenir compagnie ? J'aimerais partager avec vous la soirée.

Elle hocha la tête, un sourire au coin des lèvres. Il s'assit auprès d'elle. Dix minutes s'égrenèrent. Tout à coup, elle se pencha pour sortir un calepin de son sac à main, dans lequel elle griffonna : 75, boulevard Fournier.

À la tombée de la nuit, Carlo proposa à Romance de l'accompagner, à pied, jusqu'à sa demeure. Il avait une envie insoutenable de l'embrasser.

Ils cheminaient main dans la main lorsque le soupirant invoqua secrètement trois mots, légués par son feu père : « Alecto, Mégère, Tisiphone ». Des mots propres à hypnotiser les filles et à susciter chez elles un désir incontrôlable, tout autant qu'une obéissance totale.

Carlo possédait la clé qui ouvre toutes les portes de la magie sexuelle. Romance n'aurait aucun choix.

– C'est ici que vous habitez ?

– Pas de questions, s'il vous plaît, murmura-t-elle.

– Mais voyons, c'est le cimetière Notre-Dame ?

– Vous êtes trop curieux, chut !

Surpris, Carlo invita la belle à s'asseoir sur une pierre tombale ! Le sort était jeté. Ils firent l'amour comme des dieux. Ou peut-être comme des diables ?

Au fil des jours, une intense passion s'enracina dans le cœur de Carlo. À chaque fois qu'il se remémorait le visage de Romance, son érection était telle qu'il jouissait, immanquablement. Mais malgré tout, il était inquiet.

« Pourquoi cette adresse étrange ? se disait-il tout haut. Le ton de sa voix passait de l'aigu au grave. Il se sentait, comme par magie, pris sous le coup d'un charme, quoiqu'il n'eût jamais revu Romance.

Il devint angoissé. Torturé à un point tel qu'il décida de consulter un vaudouisant.

Après avoir coupé les cartes, ce dernier lança une incantation : « Nul ne peut prétexter ignorance que certaines négresses maîtrisent le pouvoir d'attirer les hommes. » Il lui dévoila aussi que, le jour où il avait perpétré l'acte, la fille portait autour de son cou un scapulaire chargé d'os et de charmes en poudre. Ce qui voulait dire : « Mariage ou mort. »

Ainsi, débuta la période la plus troublée de l'existence de Carlo. Insomnie et peur déchiraient son être. Le mariage et la mort le hantaient. Il devait trancher.

Désespérément, il avait cherché à retrouver la piste de Romance. Elle semblait s'être volatisée ! Belle conquête pour le M.C.F. ! Aucune trace d'elle au restaurant L'eau vive. Ni au 75, boulevard Fournier.

Il était d'ailleurs retourné au cimetière. Du revers de la main, il avait balayé une poudre singulière qui recouvrait la pierre tombale de leur union.

Une inscription s'en était détachée :

> *On n'est plus maître de soi*
> *Quand de l'amour on suit les lois.*

Carlo comprit qu'il était pris en otage. Et il savait qu'il en serait ainsi pour la vie. Car Romance resterait invisible à tout jamais. Cette ensorceleuse était donc une zombie !

« Alecto, Mégère, Tisiphone. »

Elle qui avait renversé le sort.

Gare à vous !

4. Jeux de société

Lot vacant

Jean-Pierre Daviau

QUELQUE CHOSE en moi n'a jamais vécu ou alors ne vit plus. Je suis mort-né. Le croiriez-vous? Entre moi et moi, un espace grandit par ce que je refuse. Je me parle et mes pensées m'empêchent d'être. Plus je m'effraie et plus la distance m'isole de celui que je désirais devenir.

Cet éloignement me fascine et m'attire, car un vide mystérieux s'y cache dans un espace pluridimensionnel. J'y suis attaché et je tourne en rond au fond d'un puits très noir où un autre moi luit, une étoile éloignée ayant la même adresse. Je me manque affreusement.

Le vide est mon maître. Dois-je me jeter dans ses bras, m'y perdre dans un vertige, m'oublier dans un sommeil? Il est si profond, aussi absolu que la mort. Il me suit partout comme la lune suit le marcheur. Lorsqu'on fuit sans le savoir, l'inconnu fait peur. C'est pourquoi j'ai erré, sans succès, dans un chaos de fuites.

En cet instant, je me tiens debout, sur le trottoir, face à l'absence du 5535, rue du Souvenir. C'est un lot vacant, un espace entre le 5533 et le 5537. La maison a disparu. Moi aussi. Il ne demeure que l'absence inévitable liée au souvenir.

J'ouvre mon porte-monnaie et j'y trouve des papiers, des cartes d'homme affairé, des cartes de bonne santé, et tous ces documents me disent que je suis au bon endroit : ici et maintenant. Ils me disent : « Tu es l'être et l'avoir. » Je sais bien qu'ils trichent sur les faits, qu'ils me décrivent à leur façon, me façonnent, alimentent une pensée stérile.

Ils rusent depuis ma naissance à la manière du langage, cet intime menteur. Ils sont impuissants face à l'espace qui m'habite et si, d'audace, ils tentent de l'aborder, c'est par la négative car leur bavardage les en prive. Ils sont l'arme détruisant le sens qu'elle convoite. Ils me dévorent. Sans mots, sans chiffres, ils ne seraient rien car ils sont sans amour. Paradoxalement, ils sont le doute qui étreint mon cœur et mon corps.

Face au lot vacant, par magie, je me suis détaché de moi. Les pensées et les papiers m'ont perdu de vue et leurs cris se sont fondus en gouttes de silence dans un espace sans retour. Craignant la folie, tant tout devient noir, ils se taisent.

Sans eux, je me suis assis au milieu de cet espace vacant et j'ai pleuré. Je m'y suis perdu. Seul. J'y suis mort où le repos m'inonde. Puis, je me suis relevé et j'ai jeté mes cartes d'identité.

Je suis neuf et je suis sans adresse.

Une lutte très inégale

Richard Poulin

IL LUI AVAIT FALLU presque deux mois pour obtenir l'adresse du rédacteur en chef du plus grand quotidien français d'Amérique. À présent qu'il connaissait le nom de la rue et le numéro, il se sentait curieusement calme. Comme si la chose, en soi, suffisait.

Ses quarante-cinq ans ne lui faisaient plus peur.

Il vivait seul, sans amour ni amis. C'était son choix, se convainquait-il, lorsqu'il prenait le temps de réfléchir à sa vie. Un choix qui, pourtant, depuis quelques années, n'engendrait plus qu'un désintérêt pour sa personne.

Exactement.

Il n'intéressait plus.

Certains soirs, traînant seul dans la ville, il pensait que son inaptitude au changement, cette volonté de ne pas s'adapter à une société en évolution, était la cause de cette solitude mi-forcée, mi-provoquée.

Il leva les yeux vers le premier étage, vers cette pièce éclairée où, il le sentait, le grand bourgeois se reposait.

L'homme, si seul dans la rue, avait été un héros.

Un petit héros local.

Non pas qu'il eut fait la guerre, ou la révolution, ou qu'il eut joué un rôle de premier plan dans quelque fait divers.

Il s'était simplement perçu lui-même comme un héros, une vingtaine d'années plus tôt.

Un gars chez qui, lorsqu'il était étudiant, tous se réunissaient. Le sous-sol de la maison parentale dans le Mont-Bleu à Hull — le 64 Lavallée — était devenu le quartier général des changements sociaux à venir pour tous les cégépiens révoltés et en mal de vivre.

Une sorte de leader.

Un rassembleur au magnétisme envoûtant.

Partout où il passait, il attirait la sympathie des hommes et causait un certain trouble chez les femmes. Parce qu'il avait la flamme. Parce que ses convictions et son enthousiasme touchaient.

Les femmes. Il n'y pensait jamais sans tristesse. Mais cette tristesse n'était en rien liée à leur disparition et au fait qu'il fût seul, le soir, dans son lit. Et, du reste, ce n'était pas de la tristesse. Pas vraiment.

Plutôt une vague mélancolie et quelque inquiétude : qu'étaient-elles devenues?

Annie, une étudiante en histoire, dont il aimait embrasser les paupières lorsque, assis sur un banc public, le soir, ils regardaient la lune et cherchaient à y déceler de petits personnages.

Lyne, qui vivait seule comme les adultes — alors que lui habitait encore chez ses parents — et que ce statut, cet air de liberté, de « vraie vie », auréolait d'un prestige un peu effrayant : franchirait-il le pas de sa porte ? Ouvrirait-il, béante, cette cicatrice qui, telle une crevasse infranchissable, le séparerait de ses parents ?

Ferait-il tout cela pour Lyne, dont il aimait tant les seins fermes?

Danièle et ses peurs étranges, irrationnelles. Danièle avec qui il avait si souvent arpenté les rues du Vieux Montréal en 1968, quand les Rolling Stones, Dylan, les Beatles, d'une part, et la Révolution culturelle, le FLQ, les Black Panthers, d'autre part, grimpaient en flèche à leurs palmarès respectifs, chassant les vieilles vedettes.

Toute l'époque, lui semblait-il, tenait là, dans cette image, dans ce désir d'émergence d'un monde plus pur, moins fardé.

La liberté était à prendre par la taille, ce qui avait singulièrement facilité la tâche de sa génération.

Mais qu'étaient-elles devenues, ces trois femmes qu'il avait tant aimées? Mères de famille? Pensaient-elles encore à lui en regardant la lune?

Et les autres, celles qui avaient moins compté?

Il n'avait jamais établi de longue liste. Une telle idée, affligeante, ne pouvait venir qu'à un pauvre type dont l'esprit comptable serait signe d'inhumanité.

Mais il demeurait, outre les éclairs de mémoire, de petites traces.

Quelques photos dans une boîte à chaussures.

Des lettres sur papier rose ou bleu, des cartes postales de Gaspésie et des enveloppes « cachetées par mille baisers ». Un petit butin amoureux, un petit capital de tendresse, aussi dévalué que le dollar canadien qui ne valait guère plus de soixante-dix cents, exactement comme l'impossible « piastre » à Lévesque, imprimée à la veille du référendum perdu de 1980.

Et jusqu'à ce disque de Robert Charlebois qu'il avait reçu, en 1969 : « Pour toi. Claire. »

Claire?

Même pas un visage à mettre sur ce nom.

C'était une jeune femme, une amie d'école de sa sœur cadette — de cinq ans plus jeune — qui voyait dans le grand frère « révolutionnaire », exilé dans une université montréalaise, une sorte de Guevara local, à l'échelon de la rue ou, plus exactement, du quartier de classe moyenne où elle habitait à Hull.

Qu'était-elle devenue, cette jeune fille sans visage? Dactylo? Secrétaire? Pouvait-elle imaginer que ces quelques mots griffonnés sur une pochette de disque, ces mots auxquels il avait prêté si peu d'attention une vingtaine d'années plus tôt, à l'époque de sa splendeur, le bouleverseraient aujourd'hui?

Il repassait le disque, parfois. Peu souvent, parce qu'il ne trouvait plus d'aiguilles pour la tête de lecture de son vieux tourne-disque et parce qu'il ne voulait pas user trop vite les sillons de ce souvenir.

Pas facile, tout ça.

Délicat, non?

Comme les disques et… la couleur des cheveux.

Ah! la couleur des cheveux!

Auburn chez Danièle. Blond vénitien chez Annie. Et Sylvie, n'était-ce pas roux ardent? Des couleurs qui, vingt ans après, le faisaient se retourner brusquement lorsqu'il croisait certaines femmes. Un peu inquiètes, ces dernières considéraient curieusement ce grand type de quarante ans à l'allure d'homme traqué.

Eh! quoi? il avait vieilli! Bon, sa génération aussi. Elle avait mal vieilli. Pourtant, elle avait tenu le haut du pavé. Pour une « juste » cause, elle n'avait pas eu peur d'affronter la police anti-émeute, notamment en 1971, lors de la manifestation contre le plus grand quotidien français d'Amérique.

« Elle n'avait pas eu peur d'affronter la police. »

Cela sonnait curieusement, aujourd'hui. Les policiers sont désormais syndiqués et font du travail « communautaire ». Ils ont la prétention d'être devenus « des travailleurs comme les autres ».

La manifestation contre le journal ! Une femme enceinte avait été tuée par les forces de l'ordre. Atroce. Barbare. Avec son camarade, Alain Dubois, il avait juré de la venger. Ils s'étaient engagés dans un mouvement révolutionnaire afin de mettre fin à une société pourrie jusqu'à la moelle. Ah oui ! il fallait que ça change !

Il avait dû renier Che Guevara au profit de Mao et de Staline. Avec Alain, il adhéra à un groupe marxiste-léniniste. Ils éditèrent le journal du « parti », *L'Étoile rouge*. Dans une langue de bois vite maîtrisée, ils avaient pontifié au nom d'un prolétariat magnifié.

Un travail de taupe contre la société capitaliste.

Tout son isolement actuel tenait là.

Il avait maintenant honte de ce chaotique travail de sape des petits prédateurs de la bourgeoisie, adroitement infiltrés dans un mouvement qui n'était pas le leur.

Des années plus tôt, on l'avait obligé à faire une autocritique. Malgré tout, il avait mal accepté la dissolution du groupe. Harassante avait été la marche et soutenue la cadence qui avaient mené le « mouvement » à la paralysie et à la disparition.

Jusqu'à tout récemment, il avait cru à la Révolution. Mais, désormais, autour de lui, il n'y avait plus de mouvement révolutionnaire. Les camarades s'étaient dispersés. Certains avaient réussi leur recyclage ; d'autres, la majorité, croupissaient dans l'anonymat de la classe ouvrière. Ceux-là, comme lui, des convaincus, avaient accepté le « tournant prolétarien » de l'organisation, et délaissé études et perspectives de carrière. Ils « tournaient » toujours et la plupart d'entre eux n'étaient plus convaincus de quoi que ce soit.

Il semblait maintenant tellement ridicule, sinon « suspect », d'affronter la police.

Sauf que lui, l'homme seul, isolé et un peu dérisoire, avait marché à fond dans ce qui n'était finalement qu'une combine. Il avait tout lu. Et tout vécu en longs rêves éveillés. Il pouvait raconter comment, pour rejoindre Mao, il avait participé à la Longue Marche. Ou bien comment, avec les Gardes rouges, il s'était mutiné contre la bureaucratie « restauratrice du capitalisme ». Ou raconter son combat, le dernier du groupe, avec la Bande des quatre, contre le révisionnisme moderne incarné par Deng Xiao-ping.

Il avait marché dans la combine !

Encore eut-il fallu savoir qu'il ne s'agissait que d'une combine ! Encore eut-il fallu le mettre au courant ! Lui conseiller fraternellement de ne pas prendre tout cela trop au sérieux, au point d'en faire le sens de sa vie parce que là, évidemment, cela risquait de la lui gâcher.

Lui dire : « Rien qu'une combine, un leurre entre roués camarades. Un cheval de Troie pour pénétrer au cœur de la bourgeoisie et y prendre les rênes afin de se partager le gâteau et les postes dirigeants. »

Mais, il aurait objecté : « Et nos copains, ceux qui y croient ? »

Ah ! la franche hilarité !

Ah ! la question naïve !

« Voyons, toute armée d'invasion a besoin de fantassins, de piétaille ! » Et, l'air grave, d'ajouter les roués camarades : « Nous aurons des morts. Certains disparaîtront sans bruit, à petits coups de suicides discrets... C'est le prix à payer pour aller dîner avec le premier ministre et les magnats de la finance... »

L'homme, dans la rue, sourit avec lassitude.

Puis, il vit la lumière dans l'appartement du rédacteur en chef et pensa à ce qui l'avait amené ici.

Alain.

Son grand ami, Alain.

Celui avec qui il montait le journal du mouvement.

Celui-là même qui avait juré solennellement de détruire la société bourgeoise.

Alain avait terminé ses études en sciences économiques pendant que lui s'investissait totalement dans le mouvement.

Il se souvenait très bien des parents d'Alain. Eux aussi travaillaient au plus grand quotidien français d'Amérique. Leur fils n'avait pas eu à chercher pour se trouver un emploi. On lui avait même reconnu quelques années d'expérience pour son temps passé à confectionner *L'Étoile rouge.*

À force de manger chez ces grands bourgeois bienpensants, il avait compris pourquoi Alain n'avait pas respecté sa parole. Peut-être que si lui-même était né dans un tel milieu, son engagement révolutionnaire n'aurait été qu'un simple égarement de jeunesse. Peut-être...

S'il avait compris, il n'avait jamais accepté.

Oui, Alain Dubois, aujourd'hui rédacteur en chef du plus grand quotidien français d'Amérique, le pire réactionnaire qui soit. Le pire représentant de tout ce qu'ils avaient, ensemble, exécré vingt ans plus tôt.

Oui, Alain Dubois, qui, deux mois auparavant, avait écrit un éditorial révoltant. Au lieu de s'indigner du meurtre par la police d'un gréviste faisant du piquet au Manoir Richelieu, son ancien camarade avait pontifié sur l'illégitimité de la grève qui mettait en péril la relance économique de la si magnifique région du Charlevoix, dont le développement passait par l'implantation d'une industrie touristique aujourd'hui menacée par de petits agitateurs syndicalistes.

Si le rédacteur en chef avait retenu quelque chose de son court passage chez les marxistes-léninistes, c'était la façon de bien manier, pour d'autres causes, la langue de bois.

Parce que sa génération, sous la conduite lumineuse de tels roués camarades, avait été bernée, il était là, devant la maison d'Alain, pour demander des comptes. S'ils avaient exprimé alors le langage de la vérité, s'il avaient pu avouer qu'ils visaient les sommets de la société bourgeoise, peut-être qu'il ne serait pas si seul et si hargneux.

L'homme seul étouffait presque de rage.

Il revit le visage d'Alain, les larmes aux yeux, jurant de lutter contre la bourgeoisie, et ramassa quelques graviers ornementaux au pied d'un chêne.

Il lança un des petits graviers, puis un autre, et un autre encore, jusqu'à ce que la fenêtre s'ouvre au premier étage.

Le rédacteur en chef, en manches de chemise, sembla tout d'abord étonné à la vue de ce grand type véhément qui l'apostrophait :

– Salut, mon salaud! Tu te souviens de moi? Tu te rappelles de la femme enceinte qui a été tuée? Tu te souviens de l'époque où tu avais une conscience? Qu'est-ce qui te permet aujourd'hui d'affirmer que les travailleurs sont des gras durs? En quel honneur, tu oses écrire tes éditoriaux réactionnaires de merde! Tu n'as pas honte d'avoir renié tes engagements?

À l'étage, Alain Dubois referma la fenêtre, mais l'homme seul, dont la rage redoubla, lança violemment son trousseau de clés qui fracassa la vitre :

– Tu vas m'écouter, sale petit réactionnaire de merde? Trou du cul conservateur, crapule bourgeoise, charogne de scribouillard! Qu'est-ce qui te permet de conseiller la ligne dure aux gouvernements contre les travailleurs? Comment oses-tu couvrir un meurtre? Qu'est-ce qui...

La voiture de police arrêta dans un crissement de pneus.

Mal informés par le rédacteur en chef du plus grand quotidien français d'Amérique, les policiers armèrent sans attendre leur revolver et, nerveusement, approchèrent de l'homme seul qui, de son côté, avec dérision, leur lança ce qui lui restait de gravier.

Les balles bien groupées déchirèrent la poitrine de l'ancien gauchiste ainsi que le calme bucolique de Westmount.

Avec ce manque de passion et cet esprit analytique qui les caractérisent, les roués camarades auraient jugé laconiquement la situation : « Une lutte très inégale. »

Vicissitudes

Éric Jeannotte

Lors d'une soirée calme, j'entrai dans le dépanneur du 45, promenade du Portage. Une légère pluie tombait. L'artère semblait abandonnée, sinistrée même.

Un jeune commis se tenait derrière le comptoir. Je vis de l'indifférence dans ses yeux. Cela me rappela aussitôt la figure et le regard d'un inconnu qui m'avait adressé la parole aux funérailles de ma mère.

– Mes condoléances, monsieur Lemoine. C'était une personne bien. Que Dieu ait son âme ! m'avait-il dit, en me tendant mollement la main.

Je savais qu'après cette cérémonie superficielle, il retournerait vers les siens, un sourire sur les lèvres.

J'étais sûr que, bientôt, la douleur écraserait mon crâne et dérouterait mes sentiments. Un mal éclaterait au plus profond de mon être.

Je sortis de mes songes lorsqu'un groupe pénétra dans le dépanneur. Un des types, maladroit, me bouscula et s'en excusa. Je posai les yeux sur lui. Il portait un habit et une cravate. Son visage semblait se métamorphoser, se transformer, et c'est mon

ancien patron qui se dessina devant moi. Il répétait
le même discours qu'il avait tenu le jour de mon
congédiement :

— Qu'est-ce qui se passe, Lemoine ? Depuis quelques semaines, ton travail est bâclé. Je n'ai pas de
place, ici, pour un homme qui ne veut pas s'engager
pleinement dans son boulot. Tu es mis à pied.

Il m'avait poignardé. Ces paroles creusaient ma
chair. Je lui avais donné ma confiance. Ce jour là, il
n'en restait rien.

J'étais fiévreux. Je devenais las et faible. Je respirais mal. Je fis quelques pas. Un magazine tomba par
terre. Je reconnus aussitôt la jolie femme de la page
couverture.

Elle m'interpella.

— Tu es devenu insensible. Comment puis-je vivre
avec un homme qui ne parle plus et qui ne sourit
jamais ? Tu ruines nos vies avec la mort de ta mère ! Ne
le vois-tu pas ? Rien à dire ? Pauvre type, je souhaite que
le destin m'éloigne de toi à jamais.

Qui donc pourrait entendre mes cris de douleur,
mes lamentations, mes sanglots ?

Je cherchais une issue à cette vie. Persévérer ? Pourquoi donc ? La joie m'était éphémère et naïve.

Le commis me tira de ma descente en enfer, en
m'empoignant par l'épaule. Je lui disais :

— Aidez-moi ! s'il vous plaît, tirez-moi de là ! Faites
quelque chose !

Il se mit à rire, ce qui donna à son visage des traits
monstrueux. Partout, dans l'établissement, se profilè-
rent des silhouettes macabres qui riaient aussi. Elles
s'approchèrent de moi.

Je pris le revolver dissimulé dans mon veston et le collai sur mon front. J'avais déjà trop pensé. Je souffrais.

Là où je suis, je n'ai plus de nom ni d'adresse. Je cours dans des couloirs, perpétuellement poursuivi par des fauves.

Au plus profond de moi, je sais que je ne suis guère vivant et que je veux mourir.

À quelle adresse, dites-vous?

Robert A. Trottier

U N DE CES SOIRS où les étoiles tardaient à illuminer le ciel, j'arpentais, palette en main, les trottoirs du quartier de mon enfance, et je songeais, amer, au peu d'amour et de compassion que certains éprouvent à l'égard de leurs proches.

Il me sembla, soudain, entendre une voix féminine qui m'appelait.

– Je suis allée sur la rue Harold, je l'ai parcourue de long en large, j'ai cherché là où passe le boulevard. Je voulais voir si elle continuait à l'arrière de la Plaza. Rien. Je n'ai pas trouvé le numéro de porte dont tu fais mention.

Je me retournai vivement. Personne. Je mis le pied en bas du trottoir, au coin de la rue Harold et Albert, une moto, peinte de symboles diaboliques, et son conducteur, sortirent des ténèbres, passèrent à vive allure. Je paralysai. Le bruit me transperça jusqu'à l'âme.

Je ne voyais pas la femme qui me parlait. Mais elle avait élevé la voix de sorte que, lorsque le sombre duo eut pris de la distance, ses paroles retentirent comme un criaillement d'oie.

Elle avait lu *Le Sentier battu.* Elle s'était glissée dans le récit et avait cherché à se nourrir du malheur de ces êtres vivants.

Y cherchait-elle un rôle de victime? Peut-être voulait-elle puiser dans la souffrance de ces gens afin de calmer la sienne, qu'elle sentirait moins lourde?

Le regard rivé à la moto qui disparaissait au loin, moi aussi je fuyais.

Ce n'est pas la même adresse, le décor a changé, les acteurs sont différents, mais le drame continue.

Elle est assise dans sa berceuse et marque le temps, son temps. Fixant la porte, elle se voit dans sa fuite. Elle la prépare, parcourant depuis déjà trop longtemps le trajet qu'elle fera, comme une prisonnière goûte déjà le souffle de la liberté, cette caresse sur son visage, son cœur, avant son évasion.

Un bruit la ramène brusquement dans sa cuisine. Comme si elle avait été prise en flagrant délit, elle baisse les yeux.

– T'é ma femme! lui lance son mari. Après tout, j'te fais vivre! Tous ces meubles, c'est moé qui les a payés, tu manges à ta faim, tu t'habilles quand tu veux, tu manques de rien!

Oui, il y a de la nourriture plein la table, mais si peu dans le cœur.

– J'ai l'droit de m'faire servir ma bière après souper, pis t'as rien à dire, j'sus fatigué, l'soir, moé! Pis c'é rendu que tu veux pus faire l'amour, j'sus ton mari, t'as pas d'affaire à me r'fuser, j't'obligé de t'prendre de force asteur, c'é d'ta faute si j't'ai fait mal.

Hypnotisée par le craquement de sa chaise, elle ne l'entend plus. Elle pense derrière la porte du 220, rue...

Au 399, rue L..., les fenêtres sont closes, les rideaux laissent percer les dernières lueurs du jour qui s'éteint.

Ils sont assis sur le grand divan de couleur terre, délavé et sale. Il a loué un film porno.

Des bouteilles de bière sur une petite table, dont quelques-unes déjà vides, lui, une main dans le bol de *popcorn*, l'autre dans son soutien-gorge, elle, pressant le sexe bombé de son partenaire. Leurs rires attirent l'attention des deux petits.

La fillette au fond du salon s'alourdit dans le fauteuil. Elle s'y enfonce, écrasée par la peur.

D'une main, elle serre le bras du fauteuil, de l'autre, son ventre.

Le film terminé, ils ont consommé de tout. Le divan est imbibé de sueurs. C'est l'extase. À leur invitation, l'autre enfant, plus jeune, se mêle aux jambes nues et aux baisers.

La fillette a huit ans, une larme à l'œil. Muette comme la nuit, elle se fait petite et se glisse lentement hors du salon.

Mon attention fut attirée par le bruit d'un klaxon. Des gamins, invincibles, le rire moqueur, défiaient une voiture qui descendait la rue à vive allure.

Des yeux fantômes me suivaient, me hantaient. Elle attendait la confidence.

Je compris que je m'étais égaré. Égaré quelque part entre le désespoir, la misère humaine et l'incapacité sociale d'en changer le cours.

Je pris congé. Je la laissai sur son appétit. Je pouvais entendre ses pas courts et saccadés qui résonnaient dans le soir grandissant et martelaient mes pensées à distance. Dans ses yeux, j'avais vu cette fillette quitter le salon.

J'étais habillé trop légèrement, j'avais froid, froid jusqu'à l'âme.

Je fuyais le 950, rue Harold que je traînais dans mon cœur comme un boulet.

J'aurais dû, moi aussi, fuir le salon.

À la bonne adresse

Michel Lavoie

À mon père, où puisse-t-il être.
Un message vide de tendresse, stoïquement lucide, malgré
tout animé d'un lointain espoir, celui de croire un bref instant
que ce qui fut aurait pu être différent, subtilement hypocrite,
à défaut d'avoir été profond, généreux, authentique.
À mon père... imaginaire ou réel.

ADRESSE. Insignifiante, lourdement étalée sur un bout de papier jauni.

Unique vestige à avoir survécu à la déchirure, à s'être arrimé à un vague remords, à cette hantise viscérale de s'être trompé, d'avoir imaginé, à travers les larmes, un infime reflet d'amour, filtre innocent, volontairement épars.

Adresse : 412, rue Desjardins, Hull.

Je devais m'y rendre. Par devoir, sans plus. Qu'aurais-je pu espérer d'autre ? Les années avaient fini par éteindre les trop rares délices de l'enfance.

Père en était à ses derniers soupirs. Ma sœur m'en avait informé, ce matin. Le dévoilement d'un événement inéluctable, dérangeant.

Mille images refirent surface. Pêle-mêle, fissurées, teintées d'ennui, d'appels à l'aide, de cris d'un adolescent laissé pour compte. Réminiscence douloureuse, essentielle à une survie éphémère.

Je suis prisonnier de cette maison froide, habitée d'absences. J'aspire les plaintes de père, torturé de malaises programmés. Je respire la solitude de maman, courbée au-dessus de son comptoir de cuisine à préparer le repas pour ses enfants. Je voulais fuir, m'envoler vers une planète vierge, étrangère à ma souffrance, insouciante de mon mal de vivre. Évasion sublime, réservée aux riches, aux grands, aux puissants. Aux courageux aussi, à ceux qui, dans un ultime élan de lucidité, empoignent la mort pour s'ériger un douillet refuge.

Cette nuit, je prends la carabine de père, je me blottis au fond d'une ruelle. De légers flocons de neige inondent ma bouche grande ouverte, source accueillante pour le canon froid.

Je traversai le boulevard Riel. Le soleil amorçait sa descente. Un frisson parcourut mon échine. Étrangement, je fus pris d'une folle envie de rire, de moi, de lui, de nous deux.

Qu'allais-je faire à cette adresse ? Me moquer d'un être déchu ? Me troubler de regrets larmoyants au nom d'une loyauté soudaine, rédemptrice ?

Ou pire, était-ce l'angoisse, l'horrible pressentiment que j'allais m'effondrer dans les bras d'un être à qui j'avais éternellement refusé le pardon ?

Questions cruelles, criantes de fidélité.

Le destin avait-il gagné son pari ? M'étais-je cru capable de régir ma propre vie ? Velléité trompeuse.

À cet instant, au fond d'une ruelle crasseuse, la carabine s'enraye. Je presse la gâchette des dizaines de fois. La carabine de père refuse de m'obéir. Symbiose avilissante...

J'allais enfin le dominer.

Sa dégénérescence m'insufflerait le courage de l'affronter. Dans cette maison qui allait devenir son tombeau.

Ma victoire n'en serait aucunement diluée. Je l'avais espérée depuis trop longtemps pour m'abandonner à une futile hésitation.

Je m'étais assuré d'être seul avec lui grâce à un subterfuge : j'avais téléphoné à mes sœurs pour leur dire que père avait été hospitalisé d'urgence. Ce petit mensonge stratégique m'offrait la latitude nécessaire pour accomplir ma mission, pour enfin étaler mon pouvoir à la face de mon paternel.

De retour à la maison, père m'attend sur le portique. Il se tient droit, le torse bombé, railleur, cruel de fierté, bavant sa satisfaction d'avoir déjoué mes plans. Il me demande comment je vais et, sans attendre de réponse, s'en retourne à ses occupations, non sans m'ordonner de remettre sa carabine dans la remise.

Jamais ne l'ai-je tant détesté qu'à ce moment-là. Je le méprise et, d'un même élan, de toute ma candeur, je jalouse sa puissance, j'envie sa parfaite maîtrise de la haine.

Il ne restait plus que quelques minutes avant d'arriver chez lui. J'avais décidé d'effectuer le trajet à pied pour savourer chaque seconde précédant l'acte final, pour assurer ma conscience d'avoir fait le bon choix. Ma vengeance n'en serait que plus délectable. Depuis le temps que j'anticipais ce moment, je devais le déguster jusqu'à en être soûl d'excitation.

Je me réfugie dans ma chambre, à l'abri de son regard hargneux. Je suis furieux qu'il ait réussi à me dominer encore. Encore et toujours !

Le lendemain, je me rends de nouveau à la ruelle. J'y vois une grosse tache de sang à l'endroit même où j'ai tenté de mettre fin à mes jours. Je suis intrigué au point où je me demande si, dans mon énervement, je ne me suis pas blessé. Pourtant, je n'ai pas la moindre écorchure sur le corps.

De retour à la maison, je comprends rapidement la provenance du sang. Des traces dans la neige conduisent à la remise où je me dirige aussitôt. L'inquiétude me gagne. Je sens que je vais y découvrir les raisons de cette laideur qui nous sépare, mon père et moi.

J'ouvre la porte dans un grincement sinistre. Je sursaute. À quelques mètres de l'entrée, j'aperçois un câble tendu au bout duquel se balance Pantoufle, mon chat, mon compagnon des soirs de dérive, éventré par père, dans la ruelle, sur les lieux mêmes de mon échec.

Enfin, j'y étais.

La maison de père. La maison de mon enfance, nid de misère.

J'y entrai…

Je prends Pantoufle dans mes bras, le transporte dans ma chambre et le dépose sur mon lit. Je caresse la bête du bout de ma langue, puis je colle ma photo sur son cœur saillant.

Je suis incapable de pleurer. J'ai trop mal. La révolte monte en moi, tel un volcan.

Soudain, le doute m'envahit. Je palpe mon visage, mes bras, mes jambes. Suis-je encore dans le monde des vivants ? Le coup est-il vraiment parti ? Ai-je imaginé mon retour à la maison, l'instant d'un dernier soubresaut, prélude au grand départ ?

Les rires de père m'extirpent de ma torpeur.

Je reconnus difficilement les lieux. Je n'y étais pas venu depuis des lunes. Le mobilier me parut trop moderne pour père, les murs trop voyants. Seuls, quelques bibelots loufoques réveillaient en moi de lointains souvenirs.

Manifestement, une autre personne était venue y habiter. Un homme ? Une femme ? Cela avait-il de l'importance ?

Je n'arrivais pas à identifier le curieux malaise qui m'assaillait. J'étais à la fois lucide et troublé. Un peu comme si une ambivalence exorcisait mon sombre projet. J'avais l'impression de m'enfoncer de plus en plus dans une confusion qui ankylosait mes angoisses.

Au petit matin, je m'éveille en sursaut. Pantoufle n'est plus à mes côtés. Mon lit sent le propre.

J'accours à la remise. Tout est rangé dans un ordre impeccable. Le câble a disparu. Il n'y a ni carabine ni traces de sang.

À la ruelle, plus rien. Les détritus ont été ramassés, le pavé nettoyé.

Mon cœur se met à palpiter de plus en plus vite. Une douce chaleur monte le long de mes artères et jaillit dans mon cerveau.

L'euphorie me gagne. Tout se bouleverse dans ma tête.

Je cours jusqu'à la maison. C'est la fête, le début d'un temps nouveau. Ma mère et mes sœurs tournoient dans le salon au rythme d'une musique endiablée. Les cris de joie fusent de toutes parts. Rayonne un bonheur dont j'ignore l'origine, un bonheur dont l'intensité me fige.

Je crois perdre la raison. Je n'ose parler. Mes sœurs, ma mère rient de leurs propres folies. Elle m'invitent à partager leurs jeux. Père sautille de l'une à l'autre, arrache un baiser au passage, caresse les cheveux blonds de Josyane, pose un doigt taquin sur le nez de Lise, se complaît dans les bras accueillants de ma mère.

Je ne peux plus résister à toute cette frénésie. Je sens vibrer en moi une effervescence nouvelle, si forte que je crains qu'elle ne se désintègre avant de pouvoir y goûter.

Père me gratifie d'un magnifique sourire. Sa bonté m'ensorcelle. Je m'élance vers lui.

Son poing frappe de toute sa fureur, mon sang éclabousse. En un éclair, je le vois, hideux, ricanant, un couteau à la main en train d'éventrer Pantoufle...

Je perçus un mouvement provenant de sa chambre.

Père a flairé ma présence. Il s'est aussitôt levé pour que je ne le vois pas démuni.

J'attendais.

Je l'attendais…

J'ai seize ans. Je quitte la maison, adresse maléfique. Au moment de passer le seuil, un fol besoin de comprendre m'assaille. Je dois annihiler cette horrible confusion qui risque de me détruire.

Je le supplie d'effacer nos guerres, de nous ouvrir l'un à l'autre, de s'expliquer. Tout, sans retenue, ce qui est arrivé dans la ruelle, à Pantoufle, entre nous, entre ma mère et mes sœurs. Entre eux et moi.

Père relève la tête, se passe la main dans la chevelure, sourit timidement et me fait signe de m'éloigner.

Père apparut.

Je reculai d'effroi. Son corps était amaigri, sa peau grise, ses os saillants.

Je m'en approchai, chancelant d'inquiétude. La maladie allait-elle pourfendre mon œuvre? Ce serait injuste.

Quelques pas nous séparaient. Un monde de froideur, strié de sous-entendus insolents.

Je voulus fuir, me désagréger pour ne pas me laisser subjuguer par la pitié.

J'arrivais au bout de ma misère. Il ne me restait plus qu'à assouvir ma haine.

Je serrai les poings.

Au même moment, il me fixa, droit dans les yeux.

Et la vérité éclata…

Je me réfugie seul dans un appartement miteux. Je quête ma maigre pitance. Mais je suis libre. Père ne me domine plus.

Ne survit qu'un doute, mince frontière entre le vrai et le faux, le réel et l'imaginaire.

Je me questionne sans arrêt. Tous ces événements ont-ils vraiment eu lieu ? Parfois, de vives lueurs viennent réveiller ma conscience, puis s'émiettent dans l'oubli. Ou bien, je me réveille en sueur, palpitations affolantes, au bord de l'abîme. Je veux alors accourir de toutes mes forces à l'adresse maudite, me jeter dans les bras de père, fondre en pleurs comme un enfant errant, son enfant... Mais le poing, son poing, vient entacher mon innocence.

Et la vérité éclata.

Tout devint cruellement limpide, atroce.

Je revis la scène, clairement, dans ses moindres détails.

La ruelle pue la moisissure. Les pigeons volent tout autour, rasent le sol, arrogants, pour s'arracher des restes de nourriture.

Je suis accroupi contre la clôture de bois. Je tremble de tout mon être. J'ai mal, mal de moi, de ma vie d'adolescent.

Je tiens une carabine à bout de bras sans même savoir où je l'ai dénichée et si elle est chargée. Je me tends pour la projeter loin de moi, mais j'en suis incapable, comme si une main invisible la maintenait solidement ancrée dans ma bouche entrouverte.

Je suffoque sous la pression de l'arme, j'étouffe dans mes vomissures. Je crie à travers le tuyau humide et, pour toute réponse, résonnent d'affreuses menaces émanant d'un homme, un étranger. Un malade dans son corps et dans sa tête.

D'un instant à l'autre, il va me pulvériser. Je l'exige pour que se résorbe enfin mon interminable agonie.

Le monstre comprend ma demande. Il m'ordonne de fermer les yeux. Juste au moment où il s'apprête à appuyer sur la gâchette, je sens l'arme s'extirper violemment de ma bouche.

Je n'ose regarder, de crainte d'éteindre l'espoir. J'attends une éternité, puis je sens une main m'empoigner pour me relever.

Je rouvre les yeux. Père se tient au-dessus de moi, des larmes ruissellent sur son visage ravagé. À côté, gît mon agresseur.

Papa s'avança vers moi. Il avait compris qu'enfin, après tant d'années, je revenais à la maison, à la bonne adresse.

Il me tendit les bras, je m'y enfouis.

Papa déposa un baiser sur mon front, murmura des douceurs, des regrets, des tendresses.

Et, au moment où je me défis de ses caresses, j'aperçus un gros matou déambuler vers nous.

Pantoufle avait fière allure…

5. Jeux d'enfants

Chez Vic

Violette Talbot

ICHEL pouvait enfin s'arrêter un instant, histoire de reprendre son souffle après un « midi-deux » particulièrement trépidant. S'en plaignait-il ? Que non, bien au contraire. Il avait beau travailler sans débrider, il adorait cette nouvelle vie qu'il s'était inventée.

Assis à la terrasse ensoleillée de son bistrot, Michel songeait au printemps qui avait eu la bonne idée de s'amener tôt cette année. Les affaires ne pourraient qu'être excellentes. Depuis qu'il s'était établi à son compte, il lui semblait que son intelligence était passée d'elle-même en cinquième vitesse. Tout ce qu'il imaginait, disait ou faisait convergeait vers un seul objectif : réussir. Faire de « Chez Vic » le rendez-vous des musiciens, des peintres, des gens de lettres, des comédiens. Le resto le plus sympathique et le plus couru en ville.

En revanche, ses réflexions sur le potentiel commercial de ce merveilleux printemps précoce le troublaient. Allait-il désormais n'apprécier dans la vie que ce qui lui rapportait ? Le bel après-midi d'avril lui soufflait ce reproche au creux de l'oreille, mais avec tant de douceur qu'il se serait cru un gamin tancé pour la forme par une maman trop indulgente.

— Hé M'sieur ! savez-vous où j'peux trouver la rue Victoria ?

La voix perçante vibrait toute proche. En se retournant, Michel aperçut un petit bonhomme dont la tête atteignait à peine le haut du treillis de la terrasse. Une frimousse irrésistible le fixait intensément, comme si sa vie dépendait de la réponse.

— La rue Victoria ? Tu es en plein dessus, mon gars. Tu vois le nom de mon restaurant sur l'enseigne ? C'est « Chez Vic » ; je l'ai choisi exprès pour que tu te rappelles que tu es sur la rue Victoria chaque fois que tu le vois.

— Ah oui ? Ben, ça c'est cool ! C'est-tu à toi pour vrai ce restaurant-là ?

— Disons que, pour le moment, il appartient à la banque ! Mais un jour, il sera vraiment à moi.

— J'me disais ben aussi. T'as pas vraiment l'air d'un messieu qui fait des affaires.

— Ah non ? Ça a l'air de quoi un monsieur qui fait des affaires ?

— Ben, c'est quelqu'un qui est toujours super occupé, pis qui a jamais l'temps d'parler aux enfants.

Tout en causant, le gamin louchait en direction de l'énorme portion de gâteau au chocolat à laquelle Michel n'avait pas encore touché.

— Tu en veux ?

Le petit rejoignit Michel d'un bond, s'installa en un rien de temps et se mit à dévorer l'objet de ses désirs sans pour autant mettre un terme à la conversation qui l'intéressait au plus haut point. Pour une fois qu'un adulte lui parlait d'égal à égal…

— Moi, mon père, y travaille tout l'temps. J'le vois quasiment jamais. Mais y fait ben d'l'argent, pis, comme y dit, on manque de rien chez nous. C'est ça un messieu qui fait des affaires, tu comprends?

Michel retint un sourire à la vue de ce petit bout d'homme arborant une superbe moustache en chocolat et discutant de choses essentielles avec tout le sérieux qui s'imposait.

— En as-tu des enfants, toi? reprit le garçonnet, la bouche pleine.

— Oui, j'ai un beau petit gars de deux ans. J'ai jamais rien eu d'aussi précieux de ma vie!

— Oui mais, joues-tu souvent avec lui?

La question atteignit Michel au cœur, comme une balle.

— Euh... ça dépend de ce que tu veux dire par souvent. Disons que chaque fois que je le peux, nous jouons ensemble, oui.

— C'est facile. Si c'est pas à tous les jours que vous jouez ensemble, c'est pas assez souvent... Tu l'sais ben comment c'est long une journée, hein?

Il faut bien avoir sept ou huit ans pour qu'un jour semble aussi long qu'une semaine, pensa Michel, bouleversé. Si seulement il disposait de tout ce temps d'enfant, que ne ferait-il pas avec son fils? Mais voilà, il ne pouvait compter que sur ce bref temps d'adulte qui lui filait entre les doigts.

— Et ta mère, interrogea Michel pour faire diversion, est-ce qu'elle joue avec toi de temps en temps?

— Hein? C'est pas cool de jouer avec une fille, voyons! Quand même, elle a pas l'air d'avoir trop trop l'goût d's'amuser. Elle me dit souvent qu'elle aimerait ça qu'papa soit avec nous, le soir, comme les autres papas. En tous cas, moi j'ferai pas comme lui quand j'vas être grand. Je l'ai promis à maman.

« N'en sois pas si sûr », se dit Michel, plus songeur que jamais. Homme d'affaires, ne l'était-il pas devenu, exactement comme son paternel ? Et cela, même si lui aussi avait été un petit garçon qui aurait tant voulu jouer avec son père tous les jours.

Que dirait de lui son propre fils, dans quelques années ?

La même chose ?

« Que la vie est donc compliquée ! soupira Michel. D'un côté, elle fait miroiter la réussite, la célébrité, l'argent ; de l'autre, elle laisse entrevoir l'amour, le bonheur familial, la qualité de vie.

« N'y a-t-il pas moyen de concilier l'inconciliable ? Pour ne pas avoir à choisir… »

Michel eut soudain conscience du silence qui s'était installé entre eux. Le gamin avait terminé son gâteau et le regardait de tous ses yeux.

– T'sais, souffla l'enfant, j'aurais ben aimé ça avoir un père comme toi.

79, rue Boucherville, appartement 3

Jacques Michaud

C E MATIN-LÀ, après une entrée urgente à l'hôpital du Sacré-Cœur et après un examen tout aussi rapide, le diagnostic avait été clair :

– Aucune inquiétude, madame. L'ouverture n'est que de deux centimètres. Vous pouvez tranquillement retourner à la maison et revenir si les malaises reprennent.

Ce n'était donc pas en ce samedi matin du 14 septembre 1968 qu'Isabelle viendrait au monde. Pourtant, deux heures plus tôt, à la fin du petit déjeuner, les douleurs avaient été vives et les contractions, régulières. Tout indiquait que le temps était venu. Mais Isabelle n'était pas encore prête. Elle avait frappé à la porte, bien sûr. Au tout dernier moment, cependant, elle s'était esquivée. Taquine, elle avait simplement décidé de laisser attendre un peu tout le monde.

Ses parents quittèrent lentement l'hôpital. Sébastien soutenait la marche de Virginie et il l'aida à se rasseoir sur le siège avant de la voiture. Il referma doucement la portière en lançant un regard complice à la femme qu'il aimait. Il était déjà dix heures trente.

De retour à l'appartement numéro 3 du 78, rue Boucherville, Virginie jugea bon de se reposer. Sébastien en profita pour aller reconduire la gardienne qui avait surveillé, pendant la visite à l'hôpital, les allées et venues de celui qui deviendrait, tôt ou tard, le frère d'Isabelle.

Le quotidien reprit son cours, le temps est simplement une eau qui passe.

Vers midi, Virginie se leva, sans trop de peine. Elle avait faim. Sébastien prépara un casse-croûte. Tout à coup, entre deux bouchées, elle se sentit mal. Les douleurs revenaient en force et les contractions cognaient dur contre la paroi du ventre. Isabelle s'amusait-elle encore à sonner l'alerte ?

— Vite, va chercher la gardienne !

Un cri déchira la dernière syllabe.

— Non, va plutôt voir si Lucille ne serait pas à son appartement.

Au numéro 8 du même bâtiment, logeait un couple qui ne semblait vivre que pour la médecine. Raymond entreprenait la dernière année de son stage en chirurgie à l'hôpital Général d'Ottawa alors que Lucille, infirmière, travaillait en obstétrique depuis déjà quelques années.

Sébastien grimpa quatre à quatre les marches séparant le rez-de-chaussée du deuxième étage. Par bonheur, Lucille et son mari étaient là. En quelques secondes, Sébastien résuma la situation. Dans les yeux de ces deux personnes qui le regardaient d'abord comme des praticiens, il comprit davantage la gravité et l'urgence du moment.

— Raymond, je prends mes gants et je descends !

En moins de deux, Lucille se retrouva près du lit de Virginie. Elle enfila la paire de gants aseptisés avec la même dextérité que d'autres enfilent leurs aiguilles et elle procéda à l'examen.

Pendant ce temps, Sébastien prit son fils avec lui. Ils montèrent prestement dans la voiture afin d'aller chercher de nouveau la gardienne qui habitait à un kilomètre de là, rue de Lanaudière. À Sébastien, il semblait que les choses tournaient maintenant plus vite que le moteur de son automobile.

La jeune fille venait de quitter la maison. Elle était dans le voisinage, mais on ne savait pas vraiment où. On se mit à sa recherche. On finit par la retrouver chez une copine, dans une rue avoisinante. Dix… quinze… vingt minutes peut-être avaient passé. Sébastien ne le sut jamais exactement. Mais il savait qu'il avait vécu chaque seconde comme des heures.

Si les choses avaient traîné en longueur, rue de Lanaudière, il n'en avait pas été de même, rue Boucherville. Durant l'examen, Lucille n'avait pas paniqué, mais son cœur avait battu un peu plus fort : l'ouverture du col atteignait dix centimètres. Tout pouvait maintenant survenir, chaque instant pressait.

— Ton mari ne revient pas vite. Combien lui faut-il de temps, d'habitude?

— Environ dix minutes, peut-être… Que se passe-t-il?

— Il devrait déjà être de retour. On ne peut plus attendre. Viens, on va aller à sa rencontre…

Supportée, Virginie eut toute la peine du monde à se rendre jusqu'à la sortie principale. Sébastien n'était toujours pas revenu.

— Lucille, je pense que…

Elle n'eut pas le temps d'achever sa phrase que la membrane crevait et les eaux se répandaient.

— Vite, il faut monter dans ma Volks, j'vais aller te conduire moi-même.

La voiture était là, juste devant. Virginie, presque affolée, se rendit compte qu'elle était incapable de se glisser sur le siège avant de la Coccinelle.

— Je sens la tête entre mes jambes…

Lucille leva les yeux vers le balcon de son appartement et lança un cri de détresse. Raymond apparut aussitôt.

— Viens m'aider ! La tête est là !

Presque portée cette fois, on ramena Virginie dans sa chambre. Isabelle était en route.

Et Sébastien aussi.

Un pressentiment passa à la vitesse de l'éclair quand il aperçut une dizaine de personnes rassemblées devant l'entrée de l'immeuble. C'était des voisins et des voisines accompagnés de quelques enfants. Il gara en vitesse. Il n'avait pas atteint la première marche du perron que déjà il entendait dire :

— Virginie est en train d'accoucher.

L'intuition était juste et l'éclair encore plus fulgurant.

Il franchit la porte grande ouverte de la chambre à coucher et l'image l'immobilisa : Isabelle était là, la tête entre les jambes de sa mère. Raymond n'osait pas la retirer. Il essayait, prudemment, de dégager le cordon qui s'était enroulé autour du cou. La situation était délicate car une sortie trop brusque risquait d'étouffer l'enfant.

— Il me faudrait des ciseaux, au cas où…

Il y en avait deux paires dans l'appartement. Sébastien chercha en vain la plus neuve, mais c'est un instrument vieillot, presque désuet, qu'il se prépara à tendre au futur chirurgien. Celui-ci le regarda avec de très grands yeux.

– Je crois que j'en aurai pas besoin.

Ses mains, habiles, venaient de desserrer l'étreinte et c'est avec beaucoup d'assurance qu'il amena à la lumière une toute petite fille qui agitait doucement ses membres. Sébastien fut ébloui : il crut d'abord voir un cordon d'argent reliant l'enfant à sa mère, il crut ensuite reconnaître un filin d'or raccordant le ventre maternel à la beauté toute rose qui en était sortie. Isabelle, rassurée sur la nature du lieu où elle venait de se déposer et sans doute consciente qu'elle ne pourrait plus retourner en arrière, poussa son premier cri.

Virginie pleurait de joie. Rien de cette naissance impromptue ne lui avait échappé. Elle avait accouché comme une chatte, sans recours à l'une ou l'autre de ces techniques qui font parfois de l'obstétrique une science surspécialisée.

Raymond ne coupa pas le lien ombilical. À l'aide d'une ficelle que Sébastien lui avait apportée, il le noua solidement, à quelques centimètres du nombril.

Vivement emmaillotée dans des serviettes chaudes tout juste sorties du four de la cuisinière, Isabelle se nicha contre le cœur de sa mère. Le corps de l'une retrouvait à nouveau le corps de l'autre. Sébastien, perdu dans l'émotion des événements, se rapprocha d'elles et les embrassa.

Tout le monde, enfin, respirait.

Raymond et Lucille rayonnaient autant que les parents. Émue, l'épouse-infirmière répéta, comme sans y croire, à son mari-médecin :

– Tu t'rends compte, Raymond, ton premier accouchement à la maison !

L'atmosphère continuait de s'apaiser et de se détendre. Des voix plus nombreuses envahissaient la chambre. Raymond suggéra alors d'appeler une ambulance pour transporter la mère et l'enfant à l'hôpital :

– Il faut éviter les complications et ne prendre aucun risque.

Il avait bien appris ses leçons.

Vers deux heures, en ce samedi après-midi du 14 septembre, la rue Boucherville était radieuse de soleil. Une de ces journées qui permettent au cœur de dire que l'âme est bien proche parfois de la lumière. L'arrivée de l'ambulance, mais surtout le bouche à oreille, avaient attiré presque tous les résidants de ce bout de la rue. Les enfants étaient les plus nombreux. Debout, de chaque côté du trottoir menant de l'entrée à la chaussée, ils formaient une sorte de garde de chérubins célestes.

Quand Isabelle et sa mère, allongées sur la civière, descendirent les premières marches, leurs visages devinrent tout à coup silencieux, de ce silence qui leur faisait cligner un peu les paupières et entrouvrir légèrement les lèvres. À leur façon, ils accueillaient dans leur monde encore innocent le passage de la surprise, de la douceur et de la vie. Plus tard, ils apprendraient que la venue des enfants s'apparente à la naissance des étoiles, rien dans le ciel ne laisse présager l'instant de leur apparition.

Fille de Virginie et de Sébastien, enfin sœur de Guillaume, Isabelle était donc entrée dans ce monde, maintenant le sien. À un moment de l'histoire sociale québécoise où toutes les mères accouchaient à l'hôpital, elle avait su déjouer les pronostics et les diagnostics de ceux et de celles qui président aux accouchements. Était-ce le présage d'une destinée exceptionnelle ? Chose certaine, au moment où Virginie et Sébastien retournaient à l'hôpital du Sacré-Cœur pour la seconde fois dans la même journée, ils comprirent pour toujours qu'ils avaient été les initiateurs d'un acte d'une mystérieuse beauté.

Au jardin de l'enfance

Nicole Balvay-Haillot

C'ÉTAIT un grand jardin, du moins paraissait-il ainsi à l'enfant d'alors, un refuge où elle aimait s'expatrier dès les premiers beaux jours, loin de la ville et de l'appartement obscurs, un refuge aussi paisible et beau que celui d'aujourd'hui, où joue une blondinette qui ressemble à celle d'autrefois.

Autrefois... dès qu'un rayon de soleil lui chatouillait les yeux, elle chaussait ses lunettes, regardait si papa et maman dormaient encore dans le lit voisin, puis, ne les voyant pas, partait à leur recherche dans les allées bordées de framboisiers, de groseilliers et de cassis. Tout lui était jeu au jardin : porter l'arrosoir avec papa, cueillir des fleurs avec maman, apprendre à reconnaître avec lui les chardonnerets, les merles, les loriots, les rouges-gorges et les pinsons, découvrir avec elle les iris, les dahlias, les lupins, les zinnias, les sauges et les glaïeuls, se balancer sur l'escarpolette du noyer, disparaître dans son feuillage et partir, un livre à la main, pour un monde imaginaire.

De son poste de vigie, elle surveillait maman, à quatre pattes dans le gravier des allées, qui arrachait au petit couteau les mauvaises herbes rebelles. Papa se moquait d'elle souvent, l'appelait Marie-Antoinette, du nom d'une reine qui gardait des moutons à Versailles. Sauf que maman n'aimait pas les moutons, ni les mauvaises herbes. Elle n'aimait que les fleurs.

De son poste de vigie, elle surveillait aussi papa, dont le chapeau de paille s'affairait dans le potager. Les légumes et les fruits relevaient de sa juridiction, les fleurs appartenant aux femmes, selon lui... Il poussait de tout dans son domaine, même des reinettes du Canada qui fleuraient bon l'hiver et la faisaient rêver de ce pays lointain. Elle avait lu dans un livre qu'on y parlait français le long du Saint-Laurent, qu'on se promenait en traîneau à chiens dans la neige et que les grandes villes étaient Montréal, Toronto, Winnipeg et Vancouver.

Un jour — elle devait avoir onze ans — l'enfant avait reçu son premier bijou, une chevalière à ses initiales, un peu trop grande. En jouant à la balle au jardin, elle l'avait perdue dans l'herbe, l'avait cherchée longtemps, peinée soudain.

– Que se passe-t-il ? avait dit maman.

Papa s'était approché, avait écouté l'enfant.

– Menteuse. Tu racontes des histoires, tu as perdu ta bague ailleurs, avait-il déclaré avant de tourner les talons, fâché.

Sans un mot, maman s'était mise à quatre pattes et ne s'était relevée que la bague à la main. L'enfant l'avait remerciée en refoulant ses larmes. Elle était trop grande pour pleurer à cause de papa qui avait fait semblant de ne rien voir.

Quand je lève la tête pour me reposer un peu, entre deux touffes de sauges à planter, je pourrais croire que c'est lui, là-bas dans le potager. Il ne porte pas de chapeau de paille, mais une espèce de casque de soldat, avec un filet qui le protège des moustiques. Naguère, il fumait la Gitane pour mieux les chasser, mais il ne fume plus, un peu à cause de sa santé, un peu à cause de la blondinette qui grandit. Ils ont l'air fâché, tous les deux.

— Aide-moi donc à enlever les mauvaises herbes que je viens d'arracher au lieu de rester devant moi à me regarder ; je pourrais semer le blé d'Inde plus vite.

— Non, répond l'effrontée, le potager, c'est ton travail, moi je préfère les fleurs à maman.

C'est vrai. Quand nous avons aménagé la rocaille, elle m'a aidée à poser de grosses roches dénichées au bord de la rivière des Outaouais et à planter nos premières fleurs.

— J'aime pas ça, les légumes ; les fleurs, c'est bien plus beau. Plus tard, je ferai un jardin comme maman. Je mettrai plein de phlox, de sauges et de zinnias, insiste-t-elle en les lui montrant du doigt, sans se tromper.

Je ris, fière d'elle et de son savoir. Tout contrit, son père reprend son labeur, abandonné de l'insouciante qui part en sautillant !

Quand, un peu plus tard, je lève à nouveau la tête, elle se berce dans le hamac, un *Astérix* sur les genoux.

— T'as connu la Gaule, toi, papa ? lui demande-t-elle, ignorant leur querelle récente.

— La Gaule, explique-t-il, c'était bien avant la France, bien avant que je naisse ou que ton grand-papa naisse. Je te montrerai ce soir dans le *Petit Larousse*.

C'est à ce moment-là que je me suis aperçue qu'elle ne portait pas ses lunettes.

– Tu n'as pas tes lunettes ! me suis-je exclamée. Où sont-elles ?

– Je ne sais pas. Je les ai cherchées partout, mais je ne les ai pas trouvées.

– Sais-tu où tu aurais pu les perdre ?

– Non. Elles sont tombées quand je suis descendue de l'autobus.

– Et tu ne t'en es pas souciée !

À quatre pattes, je fouille, furieuse, notre plate-bande d'hémérocalles au bord du chemin, là où s'arrête l'autobus, là où hier, je l'ai vue se disputer avec le petit voisin. Quand elle est arrivée en pleurnichant, je n'ai remarqué que sa mèche en bagarre et ses vêtements de travers.

Ma colère tombe. Les petites lunettes bleues sont là, intactes, au pied du poteau de la boîte aux lettres qui dit Pineau, 38, Saint-Malo ! Elle m'embrasse, me dit « merci, t'es la plus fine des mamans » et retourne, sa bande dessinée sous le bras, les lunettes sur le nez, se bercer dans le hamac.

Mi-figue, mi-raisin, je regarde son père ; il me regarde, un sourire en coin.

Il connaît l'histoire de la petite fille qui avait perdu sa bague et son enfance dans un jardin de France.

Les chevaux disparus

Marie Gérin

L ES GENS s'interrogent encore sur la disparition mystérieuse des chevaux de la ferme
Moore.

De mon balcon, tout près, je les regardais brouter
l'herbe des champs du 670, boulevard Taché, à Hull.

Depuis quelques temps, cependant, les bêtes me
semblaient fatiguées certains matins. Parfois même,
elles transpiraient encore, leurs flancs couverts d'hu-
midité. Des mottes d'argile imprégnées d'herbes folles
collaient à leur sabots. Des nœuds sauvages emmê-
laient leur crinière. Le palefrenier ne s'en préoccupait
guère, puisqu'il croyait que les maîtres venaient che-
vaucher leur monture au petit matin.

Mais moi, j'ai vu le mystère se manifester.

À la brunante, un soir d'août, j'étais assise en haut
de la côte dite « du colonel » et je me baignais dans la
douceur du concert des criquets et des rainettes cruci-
fères. L'engoulevent bois-pourri engloutissait au vol
des nuées d'insectes.

Ce que je crus d'abord être une mouche à feu
devint une ronde de minuscules feux clignotants se
déplaçant en une danse lumineuse. Plus loin, une

autre ronde surgit des racines des cerisiers en bordure du chemin de la ferme et vint rejoindre la première. Puis trois autres cercles vinrent les retrouver.

Dans l'obscurité, les lueurs bleutées et valsantes avaient de quoi étonner. Incrédule, je me sentis transportée dans l'univers du merveilleux et de l'imaginaire, peuplé de petits personnages tels que lutins, elfes, fées, follets, gremlins, korrigans et leprechauns. On leur attribue souvent un comportement espiègle, bagarreur et bourru. Il vaut mieux ne pas les vexer ; encore mieux, on les évite.

Et devant moi, cinq rondes parfaites de ce que j'imaginai être des elfes sautillaient. Ces êtres étaient transportés par leur propre énergie, allumant ce qui semblait être une petite lanterne au milieu de leur corps. Peut-être étaient-ils aussi un croisement entre elfes et feux follets, je ne sais, n'étant pas une autorité en la matière.

Ils étaient nus, grands d'une vingtaine de centimètres et leur peau était recouverte d'un duvet variant de l'ocre à la terre de Sienne brûlée, sauf la partie abritant leur lanterne. Leur transparence bleutée, de grandes oreilles pointant vers le haut, un nez aplati comme celui de la chauve-souris, des yeux ronds, rouges et brillants leur conféraient un air espiègle et étrange à la fois. Tout se passait en silence. Seuls leurs corps illuminés s'agitaient et exprimaient un langage, une émotion qu'eux seuls comprenaient.

Je n'étais pas au bout de mes surprises, loin de là.

Je levai la tête vers le ciel et il me vint alors à l'esprit que cette soirée coïncidait avec la lune noire, nuit de grandes manifestations chez ce petit monde.

Lorsque mon regard se posa de nouveau sur la côte du colonel, je fus saisie d'étonnement : des dizaines de petits bonshommes d'un autre genre faisaient des pirouettes, des entourloupettes. Ceux-ci, vêtus de jambières, de tuniques et coiffés d'un long bonnet, surgissaient du boisé derrière la grange et s'approchaient des elfes. Je crus reconnaître des lutins. Ils riaient, s'esclaffaient, se disputaient, criaient, tout en gesticulant sans arrêt.

Ils approchaient du bâtiment des chevaux. Je les vis disparaître à l'intérieur par diverses fissures et, alors que les elfes éclairaient l'espace, la porte de l'écurie s'ouvrit et trois chevaux en sortirent. Montés chacun par une dizaine de lutins agrippés à leur crinière ou à leur queue, ils galopaient déjà. Ils hennissaient d'agacement et de peur pendant que ceux qui les chevauchaient riaient à gorge déployée. Leurs sabots martelaient le sol, imitant le frénétique tam-tam dont les elfes, dans l'herbe, suivaient le rythme. Sidérée, je ressentais dans mon ventre les trépidations de cette faune. J'avais envie de danser avec eux, de monter moi aussi un cheval et de rire aussi fort qu'eux, envahie par le rythme vital d'une profonde respiration de l'âme.

Je n'en fis rien.

La chouette ulula et les petites lanternes des elfes s'éteignirent une à une, obéissant comme à un ordre. Quant aux lutins, ils ramenèrent les chevaux à leurs stalles et refermèrent soigneusement la porte. Ils disparurent avec les elfes au creux des racines des arbres ou sous les roches.

Depuis cette aventure, je suis revenue à la ferme presque tous les soirs. Ce même rituel se répétait à tous les quartiers de lune, quoique plus intensément à la lune noire.

Les lendemains matins, épuisés et hagards, crinière et queue enchevêtrées, les chevaux semblaient craindre de sortir de l'écurie.

Et puis un jour, ils disparurent.

Les enquêtes policières furent vaines. Le mystère demeurait complet.

Mais moi, je sais. La nuit de leur disparition, j'ai revu les lutins et les elfes danser, courir, sauter, culbuter. Ils galopaient avec les chevaux. Puis, ces derniers fondirent, un à un, jusqu'à prendre la taille des lutins qui les amenèrent dans leur repaire.

Les chevaux ne sont pas revenus et les lanternes des elfes se sont éteintes.

6. Jeux de dames

Rue des Colibris

Micheline Dandurand

ROSE-LINE, c'était une véritable fenêtre sur le monde. Sa présence fugace dans ma vie aura suffi à l'inscrire à tout jamais dans mon cœur. À peine quelques mois, comme si elle avait attendu patiemment ma venue pour me léguer son plus précieux trésor : sa façon de voir.

Rose-Line était de ces femmes débordantes de vie et de chaleur. Sa taille haute, sa carrure impressionnante malgré son âge avancé, ses cheveux argentés coupés très court et sa nuque rasée lui donnaient un air plutôt austère. Rien à voir avec l'image que l'on se fait souvent des vieilles dames excentriques. Pourtant, jamais de ma vie je n'ai rencontré d'être plus extraordinaire. Tout en elle respirait la bonté et, ma foi, elle était d'une renversante humilité. Sa grande discrétion fit sans doute que notre première rencontre eut lieu bien des mois après mon emménagement dans l'appartement en face du sien. Je la croisai plusieurs fois dans le quartier avant de me rendre compte qu'elle habitait dans le même immeuble, et sur le même palier par surcroît.

Après le travail, je m'attardais chez l'épicier du coin, hésitant chaque fois devant les aliments mis à ma disposition pour la préparation d'un plat digne de mes repas solitaires. Souvent, à cette heure toute spéciale, j'entrevoyais Rose-Line déambuler dans les rues d'un pas tranquille. Je la voyais s'arrêter, quelques instants seulement, devant une maison dont on avait oublié de fermer les rideaux.

Une fin d'après-midi de printemps, retenue par la brise enivrante aux avant-goûts d'été qui faisait frissonner de plaisir les bourgeons des lilas, je sortis de chez l'épicier plus tard que de coutume alors que Rose-Line était déjà sur son chemin de retour. Je lui emboîtai le pas, qu'elle avait d'ailleurs encore très solide, pour m'apercevoir qu'elle se dirigeait tout droit vers l'édifice où je demeurais. Je m'empressai de lui ouvrir la porte. Peut-être mis-je dans ce geste tous mes espoirs de ne pas me retrouver trop tôt dans mon logement vide, et faire ainsi faux bond au sentiment de nostalgie qu'un printemps si doux éveillait en mon cœur célibataire. Nous entrâmes dans la cage d'ascenseur; je profitai de l'occasion pour entamer la conversation.

– Vous habitez le quartier? Il me semble vous avoir déjà vue à quelques reprises. Vous venez rendre visite à une amie?

– Ça pourrait bien être vous… Nous sommes voisines. Je suis la locataire du 514, juste de l'autre côté du couloir.

– Oh! je suis désolée! Quelle distraite je fais! Veuillez m'excuser.

– Il n'y a pas d'offense jeune femme. Je m'appelle Rose-Line Edmond, et vous?

– Anne-Marie Boileau.

Rougissant jusqu'à la racine des cheveux, je l'invitai à venir prendre le thé après le souper pour me faire pardonner. Elle accepta avec plaisir, un sourire moqueur aux coins des lèvres. Aujourd'hui, je me surprends quelquefois à penser qu'elle attendait déjà depuis un moment cette invitation. Je pris l'habitude de me joindre à elle lors de ses promenades quotidiennes, durant lesquelles je découvris un monde fabuleux. Un « regard nouveau », de l'extérieur vers l'intérieur, auquel, je l'avoue, je pris un certain temps à m'adapter.

Rose-Line avait une passion : les maisons. Non pas leur architecture, mais leur vie. Je sais que cela peut paraître absurde, mais elle lisait dans les maisons comme d'autres le font dans les feuilles de thé ou dans les cartes. Elle disait que les maisons étaient le reflet de la vie de ses habitants, le prolongement de leur être. Que ces maisons fussent petites ou grandes, pauvres ou cossues, accueillantes ou fermées, froides et sans vie, chétives ou solides, elle semblait établir une curieuse comparaison entre la charpente et l'état des maisons et ceux du corps des gens : malade ou en santé, épanoui ou délaissé. Ce n'était pas uniquement les maisons qui la fascinaient, mais aussi leur jardin et, surtout, leurs fenêtres, au travers desquelles elle se permettait des coups d'œil indiscrets.

– Oh ! regarde, Anne-Marie, les 180, rue Dumas (elle dénommait ainsi les familles qui lui étaient devenues familières, mais dont elle ignorait malgré tout le nom), les roses blanches ont été oubliées sur le rosier ! J'espère qu'il n'est rien arrivé de grave ! Les 210, rue Brodeur ont de la visite ce soir. C'est bien ! Il n'y a rien de plus heureux qu'une maison bien remplie et qu'un délicieux repas en bonne compagnie. Ce n'est pas comme les 315, rue Binet. Depuis plusieurs semaines déjà, les stores restent clos…

Cela dit, Rose-Line sortait crayons et papier et dessinait un croquis des maisons avant de poursuivre sa route.

Au début, je me sentais terriblement mal à l'aise de m'immiscer de la sorte dans la vie des gens. J'avais peine à croire que Rose-Line put faire preuve de si peu de respect de l'intimité des autres. Mon œil n'était pas encore ajusté à la déroutante perception de mon amie, que je jugeais alors pour le moins inconvenante. Mais, elle le faisait avec tant de cœur et de spontanéité que je finis par m'y habituer et, même, par en rire.

Tous les jours, à la même heure, nous refaisions le même trajet et Rose-Line me faisait part de ses inquiétudes et de ses commentaires sur chacun. Quant aux maisons dont nous n'apercevions que trop peu de traces des propriétaires, nous nous amusions à leur inventer une histoire.

Puis, petit à petit, je commençai à la voir, non plus comme une pauvre vieille effrontée, mais plutôt comme une gardienne de nuit en train de faire sa ronde pour s'assurer que tout allait pour le mieux. Une fois, j'osai même lui avouer les jugements que j'avais portés sur elle. Elle me sourit, mais ses yeux recelaient un brin de tristesse.

– Il faut savoir être indiscret parfois, forcer les portes : « La vie sépare ceux qui s'aiment tout doucement sans faire de bruit » disait Prévert.

La façon surprenante de Rose-Line d'identifier les gens par leur adresse civique finit par me plaire. J'y découvris une tout autre manière de percevoir les choses : les adresses ne constituaient plus de vulgaires numéros sans importance, mais se gravaient dans ma mémoire comme ces numéros de téléphone d'amis

chers que l'on ne côtoie plus. Je me pris au jeu de
Rose-Line mais, surtout, je me pris d'amitié pour elle.
Et, toujours, Rose-Line dessinait ses croquis.

Un jour, en plein mois de juillet, pour la première
fois, elle ne fut pas au rendez-vous. Lorsque j'atteignis
mon appartement, je trouvai un mot glissé sous ma
porte. C'était la concierge de l'immeuble qui me
demandait de passer la voir dès mon arrivée. Je me
précipitai chez elle. J'appris que Rose-Line avait été
transportée d'urgence à l'hôpital. Je m'y rendis aussitôt. Il était trop tard. Son vieux cœur n'avait pu supporter l'écrasante chaleur de la canicule. On me remit son
sac à main ; j'y cherchai un carnet d'adresses pour
connaître le nom des personnes à prévenir de son
décès, mais en vain. Je constatai alors que je ne con-
naissais rien de sa vie et que je n'avais même jamais mis
les pieds chez elle. Toujours, nous n'avions fait que des
promenades ensemble.

En ouvrant la porte de son appartement, j'étais loin
de pouvoir imaginer ce qui m'y attendait. Les pièces
sobres respiraient la clarté et embaumaient de parfums
suaves : des bouquets fleurissaient tables de chevet, de
salon et de salle à manger. Des revues et des livres de
jardinage étaient rangés sur les étagères d'une bibliothèque en rotin. Mais, ce qui était le plus époustou-
flant, c'était les dizaines de toiles de tous formats et de
toutes sortes, accrochées aux murs ou bien déposées
dans les coins du salon. Des toiles achevées ou en voie
de l'être, comme si Rose-Line travaillait tous ces
tableaux en même temps. C'était absolument magnifique ! Toutes étaient des représentations de maisons
du quartier ou d'ailleurs, petites ou grandes, sinistres
ou joyeuses, remplies ou désertées. Il s'en trouvait

même une minuscule, logée dans le creux d'une vieille pendule… J'étais sidérée, car Rose-Line les avait non seulement peintes, mais transformées pour leur redonner un air de bonheur. Au-dessus de certaines d'entre elles, retombait une fine pluie d'étoiles, comme si elle avait voulu assurer la bénédiction de leurs occupants. Travail incomparable de patience et de minutie. Aucun détail ne manquait, pas même la vitre claire des fenêtres laissant pénétrer les rayons de soleil. Comme un jardinier soucieux de ses plantes désherbe, retourne la terre et arrose, Rose-Line faisait sa tournée quotidienne et notait, en croquis, l'état de ses protégés, pour ensuite en prendre bien soin. Elle veillait sur tous comme un ange étrange.

J'étais venue chercher un nom, une adresse, j'en découvrais un plein quartier.

Je ne sais combien d'heures je passai ainsi à me laisser imprégner de tout cet amour, mais je restais là sans plus pouvoir ni bouger, ni penser. Je respirais, sentais, savourais. L'une des toiles était plus impressionnante et plus vivante que toutes les autres ; peut-être était-ce dû au fait qu'elle reposait encore sur le chevalet et qu'on n'aurait su dire si la peinture en était déjà sèche. Sur la coupure jaunie d'une vieille revue de jardinage fixée au coin gauche, figurait la maison qui lui avait servi de modèle. Juste en dessous de la photo était inscrit : lauréate du concours « La Maison fleurie », août 1963. Curieusement, Rose-Line semblait l'avoir peinte comme elle aurait été aujourd'hui, c'est-à-dire quelque trente ans plus tard. Qui donc étaient ses mystérieux propriétaires dont le bonheur importait tant à Rose-Line qu'elle s'efforçait de le préserver, même à distance ?

Je me mis à la recherche de la revue, que je déni-
chai parmi les autres. L'adresse apparaissait à l'échan-
crure du papier : rue des Colibris, Hull. Les chiffres
manquaient, comme les lettres de ces vieilles enseignes
laissées à l'abandon, mais je pensai qu'il me serait
facile de la reconnaître si elle existait encore. Je repérai la rue sur une carte de la ville et m'y rendis prestement, poussée par un désir frénétique de me retrouver
devant sa façade. Je mis bien vingt minutes pour y arriver. Je garai ma voiture au coin d'une rue voisine et
continuai le reste du chemin à pied pour me donner le
temps de calmer mon cœur affolé. Plus je me rappro-
chais de l'endroit, plus mon pas se faisait lourd et
patient, comme s'il savait déjà ce que j'allais découvrir.

Tout était exactement comme elle l'avait peint. Un
superbe jardin anglais s'offrait à la vue des passants. Je
ne pouvais détacher mon regard ni de cette maison ni
de son jardin que j'avais aperçus pour la première fois
dans le salon de mon amie quelques minutes plus tôt.
J'étais littéralement paralysée de stupeur et d'émotion.

Puis, je vis s'avancer vers la fenêtre du salon une
femme aux traits familiers. On aurait dit Rose-Line,
une vingtaine d'années en moins. Elle tira lentement
les rideaux.

Consciente subitement de la délicate mission qu'il
me restait à accomplir, troublée, je pris le temps de respirer profondément avant de me diriger vers la porte.
Je fermai les yeux, m'emplis le cœur des multiples
odeurs émanant du jardin. Lorsque je les rouvris, je
remarquai une toute petite chose qui différait du
tableau de Rose-Line : les roses blanches avaient été
oubliées sur le rosier.

Clémence

Diane Elle-Lefebvre

CHAQUE FOIS que je vous vois passer, je me demande où vous allez, comme ça, dans le quartier. Une vraie sauterelle, dans vos allées et venues !

M'avez-vous déjà remarquée ? Souvent, je vous fais des clins d'œil.

Quand allez-vous prendre le temps de vous arrêter pour me regarder ?

Venez donc me voir, un de ces soirs, je vous raconterai mon histoire.

Je suis de la vieille génération. Parfois, dans le grenier de ma mémoire, j'ai peine à distinguer le blanc du noir. La vie ne m'a pas épargnée. Oh ! que non ! Elle m'a même abandonnée à maintes reprises. J'en ai été ébranlée jusque dans mes fondements profonds.

J'ai mis des années à me rafistoler, à apprendre qu'il me fallait reprendre racine dans la plus grande simplicité. Mais, vous savez, c'est tout juste si j'arrive à me tenir en équilibre. À mon âge, j'ai tellement refoulé que les tournesols de mon jardin me rient au nez.

Ainsi, peu à peu, j'ai refait le plein de douceur. À l'intérieur, je me suis peaufinée et, à l'extérieur, je me suis remise sur mon « trente-six. »

Malgré tout, quelque chose n'a jamais changé dans ma vie : le fait que je sois seule. Tellement seule que mon instinct s'est accroché aux êtres pour survivre. Même aux animaux, quand les humains m'ont fait défaut.

D'une génération à l'autre, les marmottes ont envahi mon potager. En vain, j'ai tenté de les déloger, mais j'ai vite pris mon parti de leurs droits acquis. Puis, ce sont les prouesses matinales de jeunes ratons laveurs qui ont démasqué ma tristesse. J'ai presque réussi à les apprivoiser. Tout comme les mouffettes, d'ailleurs. Ouf ! Quant aux chiens et aux chats des voisins, ils ont inlassablement réquisitionné mon terrain pour satisfaire tous leurs besoins !

Moi, je les observais, un à un, en souriant. Oh ! je n'oublie pas les écureuils, les moineaux, ces petites bêtes qui m'ont toujours forcée à relever la tête ! Vers le ciel. C'est grâce à eux si j'ai réappris à jouir de la vie. Si je me suis remise à siffler, comme autrefois.

Maintenant, les soirs où la lune se berce sur mon toit, elle réveille mes envies de chanter. Je me sens toute illuminée par en dedans.

Ma foi, je suis plus solide que je ne le croyais.

Une nuit de printemps où ça sentait bon le lilas, la petite sauterelle m'est apparue en songe. Je chantais. Elle m'entendait et ralentit le pas. Je l'épiais par la fente des rideaux. Elle s'arrêta. Je crois que c'est ma voix qui l'a conquise. Quel porte-bonheur !

La sauterelle n'est pas remontée dans les combles d'en face, là où elle habitait. Elle s'est engagée dans mon allée et a frappé. Moi, je lui ai ouvert mes bras.

Elle a beaucoup pleuré. Et, au bout du soir, elle s'est endormie sur un lit de camp. Toute la nuit, je l'ai veillée. Jamais je n'aurais pu la laisser seule. Pas dans un état pareil. Alors, à ses côtés, je me suis bercée. Et je n'ai eu qu'à écouter. Car, voyez-vous, elle n'a pas cessé de marmonner jusqu'au matin.

Elle a tout dit. L'accident. Son cauchemar. Le vide. Des images tragiques déchirant la courtepointe de sa vie. Tant de blessures dans un si petit corps.

J'ai tout entendu.

Sa mère avait été renversée par une voiture, peu de temps avant d'accoucher d'elle. La petite ne l'a jamais connue. Et à chacun de ses anniversaires, un grand trou s'est forgé dans son âme. Un grand trou noir. Un abandon d'amour. En état d'alerte. En état d'alarme continuel. Jamais je n'aurais imaginé que ma petite sauterelle avait emmagasiné cette provision illimitée de douleur. Moi qui la croyais si légère.

Sous mes yeux, elle s'agitait dans son sommeil. Et sans le savoir, elle m'avouait l'inavouable.

Cette nuit-là, j'ai compris : où que l'on aille, qui que l'on soit, on est seul. Et la fichue de solitude a toujours sa raison d'être. Pour chacun de nous. C'est indélébile. Aussi fragile que la vie.

— Je veux semer des fleurs partout.

— Mais va, vas-y, petite !

— Il y en aura dans la cour, dans l'allée et autour du potager. Chez les voisins aussi, pour que ça sente bon.

— Tu vas planter des roses ?

— Oh oui ! et des tournesols, mamie, pour qu'ils te rient au nez !

— Coquine, tu sais bien que moi, la seule fleur que je veux, c'est toi, ma sauterelle.

Je lui ai ouvert mon cœur. Oui. Et ma petite maison du 20, rue Demontigny à Hull, aujourd'hui grande comme le ciel, de tendresse, de fleurs et de chats ! Elle s'appelle Clémence, la petite. Et je l'aime. Toutes les deux, on a fini d'être seules.

Chaque fois que je vous vois passer, je me demande où vous allez, comme ça, dans le quartier. Une vraie sauterelle, dans vos allées et venues !

M'avez-vous déjà remarquée ? Souvent, je vous fais des clins d'œil.

Quand allez-vous prendre le temps de vous arrêter pour me regarder ?

Venez donc me voir, un de ces soirs, je vous raconterai mon histoire.

Blanche

Margot Cloutier

JE SUIS la « Vieille Dame du village », c'est comme ça qu'on m'appelle. Je suis nonagénaire, grande, la tête haute, à l'allure fière et toujours bien mise. Je projette une image de confiance et d'indépendance.

Je suis l'exception de ma génération. Solide pour mon âge, je résiste aux affronts du temps. Sous une apparence physique forte, je cache bien mon intérieur sensible, mon côté fleur bleue. Si on se donne la peine de me connaître, on découvre combien je suis accueillante et généreuse. J'aime les gens. Je ne manque pas une occasion de les recevoir. Mon cœur est assez grand pour tous. J'ai besoin des autres pour vivre.

Je suis l'une des pionnières, à Notre-Dame-de-la-Paix. Au début, en retrait de mes rares voisins, je pouvais admirer les Laurentides qui entouraient notre petit hameau. Je me sentais protégée par les montagnes. L'écho renvoyait les voix dans les vapeurs fraîches du matin ou dans les brumes feutrées du soir. L'automne venu, j'aimais ce grand espace où j'observais les volées d'outardes qui s'abattaient sur nos champs, le temps d'une halte, et repartaient ensuite vers la presqu'île de Plaisance, leur lieu de prédilection.

Au fil des ans, une après l'autre, les maisons se sont rapprochées. J'ai vu la mise en terre de chaque pin blanc. Les deux érables à Giguères ont vite offert leur ombre. Le gros bouquet de lilas mauves embaumait l'air au mois de mai.

À mon âge, j'ai tout le temps d'écouter, de sentir, de regarder autour de moi. J'aime voir se lever le soleil, à travers les fenêtres de ma cuisine. L'été, les oiseaux égayent mes matinées de leurs chants énergiques ou plaintifs. Ils font partie de mon univers. Au cours de toutes ces années, j'ai vu les naissances de vingt-trois enfants et de nombreux petits-enfants ; ils ont une place privilégiée dans mon cœur.

Je me souviens de tout, comme si c'était hier. Je revois la sage-femme, l'endroit dans la maison, différent à chaque fois, suivant la saison. Un des accouchements a failli tourner au drame. C'était le 13 avril 1938. Onze heures du matin. La grossesse avait été difficile.

Quelque chose d'étrange surgit avec les premières douleurs, plus drues, plus pressantes. Juste le temps de sonner l'alarme et d'éloigner les autres enfants. Le bébé pressait sa venue. Toutes les connaissances de la sage-femme étaient mises à l'épreuve. Rien n'allait plus.

On fit appel à un médecin. À son tour, ne sachant pas comment résoudre le problème et pressé par le mari, un second médecin fut demandé. On prévint le curé, comme c'était la coutume. Il administra les derniers sacrements à la femme en couches.

Enfin, après des heures de souffrances atroces, la nature reprit son cours : un neuvième enfant était né.

Il en vint d'autres.

Je les ai suivis et accompagnés dans leurs joies comme dans leurs peines. Je les reçois encore les bras grands ouverts. C'est à cause d'eux, de la confiance et de l'attachement de chacun que je suis encore là. Ils ont cru en moi, à ma fidélité, à ma disponibilité et à ma discrétion.

Que de souvenirs m'envahissent quand je pense à ces moments! Tous ces êtres, plus beaux et intelligents les uns que les autres, oui, je les ai suivis.

Je pense aussi aux rencontres familiales, aux jours de l'An où, après le repas traditionnel, les enfants dépouillaient leurs bas de Noël étendus la veille et échangeaient le sucre d'orge contre une poignée de cacahuètes. Ils jouaient, couraient, criaient jusqu'à épuisement. Les grands passaient au salon. Grand-mère s'installait au piano, entonnait un air de la *Bonne Chanson* et tout le répertoire y passait! J'en ai encore les oreilles toutes bourdonnantes!

La vie n'est pas toujours tendre. J'ai eu mon lot d'épreuves et, autour de moi, la pauvreté, la maladie, les départs déchirants n'ont pas manqué. Parfois, on m'a même enviée, mais j'ai toujours su oublier, pardonner. Je ne saurais vivre autrement.

Je suis sociable. J'ai aidé beaucoup de gens : les conseillers municipaux, aux débuts de la paroisse, se réunissaient dans ma cuisine et profitaient de mon toit. La maîtresse d'école donnait des cours aux adultes chez moi; et, récemment, un groupe de personnes âgées profitait de mon hospitalité pour travailler. Les fins de semaine, je me laissais envahir par les jeunes couples qui venaient me présenter leurs amours. C'était vivant, chez nous!

Au départ du cadet, je me suis sentie abandonnée par les miens. Mon existence a été remise en question.

Pourtant, je suis encore coquette et resplendissante malgré mon grand âge ! Je porte bien mes couleurs. À travers mes jolies petites lunettes à contours verts, je vois encore très bien. Je reconnais les passants curieux qui me dévisagent en disant : « Elle est encore là, la Vieille Dame. » On me salue de la main.

Et mon ouïe ne me trompe jamais. J'ai entendu dire que, pour mon centenaire, on me prépare une grande fête. Tout le monde sera là. On pense à me faire belle. Paraît-il qu'on m'a déjà choisi une toilette dont j'ai toujours rêvé. Pour l'occasion, je vous invite.

Je suis le 19, rue Saint-Pierre à Notre-Dame-de-la-Paix. Je suis Blanche, la maison ancestrale qu'on appelle la Vieille Dame du village.

Clotilde O.

Vincent Théberge

R ASSUREZ-VOUS, lui murmura-t-il, elle n'a
– pas souffert.
Il n'y avait pas de réponse à donner.
Alors, il se tut.

Sans attendre davantage, il sortit de la salle de traitement, sans prendre la peine de remercier ni de s'excuser.

Il avait tout deviné, avait tout compris.

En quelques secondes, son corps, comme son esprit, n'était déjà plus là.

Il déambula dans les dédales du quartier des Hautes-Plaines et, pour la première fois depuis longtemps, il chemina sans elle, sans sa Clotilde.

Elle dépassait de beaucoup la simple compagne, s'étant révélée, à maintes reprises, une parfaite complice.

Depuis très peu de temps, certes.

Par contre, si fidèle, si probe, si toujours, si là, sa Clotilde à jamais, sa Clotilde pour la vie.

Il ne lui avait fallu que quelques dizaines de mois de vie commune pour saisir ce que ni la religion ni la politique n'avaient jamais réussi à lui inculquer : le sens de la fidélité et de l'éternité.

L'éternité existait.

Clotilde était de tout instant, de toute collaboration, de toute connivence.

Toujours prête, disponible, soumise en un certain sens, répondant jusqu'à ses moindres exigences, à ses moindres « tournants ».

Aussi, cette matinée-là, il ne pouvait être insensible à quelconque éloignement, encore moins à tout départ définitif.

Il ne lui en fallait guère plus pour tenter de comprendre.

Il essaya de s'interroger sur elle, sur lui, sur eux, surtout sur ce qu'il n'avait pas fait ou aurait négligé, peut-être, de faire.

Cependant, toute piste comme tout appel ne menaient à rien.

Il ne lui restait nul souvenir de son passé, ou si peu.

On pouvait deviner le trouble qui traversait par moments son esprit.

Des dizaines et des centaines de particules de son vécu devaient dormir dans sa tête ou reposer dans son cœur.

L'idée de la mort l'ankylosait.

Il n'y pouvait rien, étreint qu'il était par l'inhibition.

Si ! il y pouvait quelque chose !

Il se concentra sur son trouble, récupéra un à un ses esprits égarés.

Il sentit alors des palpitations l'assaillir.

Instinctivement, il accéléra le rythme de sa marche.

Il atteignit en quelques pas l'extrémité de la rue Audet.

L'air frisquet de novembre le calma.

Il en appela de nouveau à sa mémoire.

Bribe par bribe, son passé se réorganisa et se stabilisa enfin, presque complètement.

Les temps de bonheur avaient coulé si vite que sa peu fiable mémoire n'avait pas eu le temps d'en cristalliser aucun, du moins, de vraiment signifiants.

Seuls se magmatisaient les souvenirs des derniers mois où il eut tant à souffrir.

Où il eut tant de mal à la voir souffrir, à la voir s'éteindre à si petit feu.

Un certain soir, se sachant plus serein, il tenta à nouveau d'ouvrir les portes de naguère.

Se déroula alors le fil de certaines anecdotes.

Ainsi, il se souvint de ce moment où, teinté de haute nostalgie, il avait laissé échappé : « Ma comtesse. »

Elle n'avait pas bronché.

Il savait qu'elle émanait de vieille et noble souche.

Jadis, ne s'arrachait-on pas son nom, ne louait-on pas ses titres ?

Hier encore, n'a-t-on point vu certains membres de sa famille côtoyer telle personnalité, accompagner telle présidence ?

Ses aïeules, ses tantes, ses cousines, toutes, selon leur temps, avaient brillé, régné, dominé.

Elle aussi, comme les siennes, elle avait eu ses années de gloire.

Vivement sa mémoire changea de cap.

Il se souvint, entre autre et surtout, du jour où cette fin s'amorça.

En fait, c'était un soir.

Les rues se taisaient peu à peu.

Clotilde eut tout à coup une légère faiblesse, un presque rien.

Il s'en inquiéta si peu.

Rien, vraiment rien, ne pouvait présager l'incommensurable.

« Une faiblesse, ce n'est pas nécessairement et toujours un signe avant-coureur de fatalité » se répétait-il.

Le mois suivant, elle en subit une deuxième, puis une troisième, toujours sans gravité.

Un doute s'immisça.

Des semaines, plusieurs semaines passèrent sans alerte.

L'inquiétude s'estompa.

Les voyages d'agrément ou, parfois, d'affaires reprirent régulièrement.

Enfin, il avait retrouvé sa Clotilde d'antan.

Un jour, il y a quelques mois seulement, ils se pointèrent tous les deux au centre-ville de Hull.

Mal leur en prit car, pour un je-ne-sais-quoi, elle suffoqua.

On la conduisit d'urgence dans un centre de réanimation.

Elle ne s'en remit pas totalement, ou très peu, et avec tant de peine.

Au sortir, elle tirait légèrement la patte.

Le doute revint s'ancrer.

Le diagnostic était formel et fort simple : repos, double et triple repos.

Clotilde se confina peu à peu dans l'Outaouais, puis dans Hull et enfin, dans sa rue, celle des Pins.

Lorsqu'il devait s'en éloigner quelque peu, il avait la certitude de la trahir ou de la tromper, tout au moins de l'abandonner.

Le grand silence s'infiltrant, s'amenuisaient d'autant ses rêves, s'estompaient, avec la même mesure, tout projet et toute perspective de lendemains.

Le dernier, l'ultime, le primordial dessein était compromis : voir un jour les États, sa source, sa Mecque, le lieu d'origine de ses premiers balbutiements, particulièrement Boston.

Dorénavant, ils ne sortiraient ensemble que par besoin.

À chacune de ces rares randonnées, il la surprenait à chanceler, à glisser.

Autant de fois, il l'aidait à se relever, à se rétablir.

Ses visites chez les spécialistes se multipliaient.

Ses séjours de traitements se prolongeaient.

Ses premières visites se comptaient en heures.

Puis, ses soins s'intensifièrent.

À chaque rendez-vous, le diagnostic variait, se complexifiait.

Des maux et des blessures continûment, à la chaîne.

Son for intérieur se morfondait.

Son impuissance à comprendre et à agir le tiraillait.

Tout fulminait en lui.

Un jour, il la surprit à « souffroter », à trembloter, à pâlir jusqu'à s'évanouir.

L'impuissance succéda alors à l'inquiétude.

Un peu plus tard, ce même jour, il l'entendit mal toussailler.

Il s'y attendait, l'appréhendait même.

Il se concentra sur ses toussotements, puis sur ses moindres halètements.

À la fin, ce fut encore le silence.

Un lourd silence.

— Elle va mieux, c'était un saisissement, lui précisa le spécialiste. On ne résiste guère à une deuxième crise, vous savez. Je ne crois pas qu'elle fasse la semaine.

Il la regarda à travers un judas.

Elle paraissait inerte.

L'inertie, c'est sûrement cela, le début de l'agonie.

Il sortit faire une course.

Il acheta n'importe quoi, un rien du tout.

Il aurait voulu fuir, loin, très loin, ou même, il aurait préféré être frappé de cécité ou d'amnésie les plus complètes pour n'avoir à témoigner de rien, de quiconque, de quoi que ce soit.

La fuite, l'aveuglement et l'oubli, tous les trois l'envahissaient, le guidant à travers le temps et l'espace, quelle magnificence !

Nul compte à rendre, rien à signer… Rien.

Le lendemain, tout recommencerait, sans considération pour le passé… avec une autre, qui sait ?

Il prit conscience, tout à coup, de sa faiblesse, de sa traîtrise.

Quel renégat était-il !

Il se ressaisit.

« Elle n'est plus », se dit-il, se répéta-t-il, dix fois, vingt fois.

La certitude venait de pénétrer en lui.

À son retour, c'en était fait.

Elle n'était vraiment plus.

– Rassurez-vous, lui murmura le spécialiste, elle n'a pas souffert.

Il n'y avait rien à répondre.

Alors, il se tut.

Sans attendre davantage, il sortit de la salle de traitement sans prendre le temps de remercier ni de s'excuser.

Il déambula dans les dédales du quartier des Hautes-Plaines et, pour la première fois depuis qu'il avait pris conscience de l'éternité, il cheminait sans sa compagne.

Quelques heures plus tard, on le vit se pointer, seul.

En silence, il mit dans un sac ses effets personnels et repartit déambuler, à pied, toujours sans sa... sans sa Clotilde.

Il ne lui resta plus qu'à la reconduire à son dernier domicile, là d'où on ne revient jamais, au 65, rue Audet à Hull.

Il l'avait accompagnée jusqu'à sa fin, là où reposent les siens.

D'une main tremblante, il signa les derniers documents.

Dorénavant, son corps ne lui appartenait plus.

Il posa un dernier regard, un ultime adieu sur celle qui l'avait conduit quotidiennement pendant tant de temps.

Il lui adressa une certaine et sans ambages épitaphe et la coinça dans son pare-brise.

CI-GÎT
CLOTILDE OMÉGA
COMTESSE D'OLDSMOBILE
NÉE EN 1982 À BOSTON, U.S.A.
DÉLIVRÉE AU QUÉBEC LE 17 AVRIL 1992
IMMATRICULÉE QZN 403
QUÉBEC, JE ME SOUVIENS.

7. Jeux de la destinée

La devanture oubliée

Isabelle LeCoin

À TRAVERS les méandres d'une ville subsiste presque toujours le quartier de la première rue. La première rue, lieu où se trament maintes historiettes dont seuls les habitants de souche détiennent les énigmes discrètes.

C'est précisément dans un tel pâté de maisons que Gastian Le Pleut venait de s'établir, le 6 juin 1969, au 10, rue Montcalm à Hull.

Gastian Le Pleut, retraité, n'avait jamais mis les pieds dans une ville aussi grande que Hull. Veilleur de nuit dans un moulin à scie de la Haute-Gatineau, il venait de vivre quarante ans de solitude au fond des bois; il s'était habitué au calme des espaces déserts, mais il n'avait jamais entendu le bourdonnement des rues citadines. Les klaxons, les sonnettes, les cris d'enfants, les querelles domestiques, ce brouhaha le fascinait. La cacophonie de ces sons et de ces voix devenait douce à ses oreilles; il avait trop souvent écouté le silence.

Ô combien la parole lui avait manqué durant ces longues nuits qui ne servaient qu'à faire pointer le soleil; celui-là même qui annonçait le retour des travailleurs. « Finie cette vie ! », se disait-il.

Gastian passait sa première journée en ville et, assis sur la véranda de son appartement, il zieutait le moindre événement. Il avait envie de savoir où allaient ces gens et tentait de percer le mystère des conversations à même les lèvres de ceux et celles qui déambulaient devant lui. Le Pleut devenait curieux. Cette petite dame au chapeau noir. À la robe noire. Et au caniche noir ! Comment ne pas vouloir deviner ses allées et ses pensées.

Célibataire endurci, il découvrait les joies du spectateur impatient attendant que le rideau se lève. Pendant sa vie de veille, Dieu sait qu'il en avait côtoyé des mondes différents, mais seulement à travers ses multiples lectures. Des histoires qui se passent dans la tête. Aujourd'hui, ce nouvel univers était vivant, là, devant lui.

Méditant sur cela, il commença à se poser de sérieuses questions à propos de la porte située de l'autre côté de la rue. Depuis le matin, à plusieurs reprises déjà, un nombre considérable de passants en avaient franchi le seuil. Cette porte, encastrée dans un vieux mur de pierres et abritée sous un appentis devenait suspecte.

La dame en noir s'approcha, s'arrêta devant lui... traversa la rue et entra par la porte. Gastian y prêta une attention particulière. Au moins dix personnes se trouvaient maintenant à l'intérieur. « Que peuvent-ils bien y faire ? Pourquoi ces êtres hétéroclites ? La dame, ces jeunes aux cheveux irisés, ces hères endormis, ces trois pièces cravate, ces minijupes avec des bas aux genoux et des souliers à gros talon comme ma mère en portait, jadis, pour aller traire les vaches ! »

Il n'y comprenait rien.

Et ça ne s'arrêtait pas là ! Fait insolite, ce n'était pas les mêmes gens qui en ressortaient. « Une banque ? Ou bien un magasin ? Non, impossible ! De tels établissements n'ont pas des airs d'échoppe aussi anodins. Qui oserait s'y aventurer ? »

Se jurant de ne plus bouger jusqu'à la sortie de la dame, il continua à observer le spectacle. Aucune lumière ne filtrait à travers les volets clos. « Alors, que font-ils dans le noir ? » L'anxiété le gagnait. Se pouvait-il que lui, un inconnu, soit le témoin d'un grand mystère ? « Et si c'était un endroit compromettant ? Un tripot où tout se joue, l'argent et la vertu ? »

Tout à coup, deux femmes menant des poussettes s'avancèrent.

« Vont-elles y pénétrer ? Oui, voilà qu'elles en passent les limites ! Étrange, est-ce possible que de jeunes enfants assistent à des actes douteux ? Une clinique ? Voilà, c'est ça ! » Cette hypothèse justifiait la diversité des visiteurs. Qui que l'on soit, un jour ou l'autre, on a besoin d'un toubib. Par contre, cela n'expliquait guère l'apparente noirceur et le fait que ce soit des gens différents qui en sortent. Une hypothèse lui vint à l'esprit : « À moins que ce soit un cabinet médical où on vous refait une nouvelle carcasse ? Un lieu de métamorphoses pour vaincre le temps et les apparences. Mais alors... la dame ? » L'inquiétude l'envahissait. « Peut-être s'est-elle trouvée mal dans la salle d'attente ? Ou pire, elle est ressortie sous une autre identité. » Gastian balaya tout de suite cette dernière idée, car il avait scruté les visages et nulle part il n'avait revu ce timide sourire qu'elle lui avait adressé avant de s'engouffrer dans la demeure obscure. Il ne savait plus que penser.

L'hypothèse de la clinique restait la plus plausible. Cependant, cette clientèle le déroutait. Deux des trois pièces cravate venaient de sortir. Ça le soulageait un peu. Malgré cela, il y avait les autres, encore à l'intérieur.

L'après-midi s'écoulait et la dame restait invisible. Soudain, un homme endimanché et d'un certain âge fit son apparition. Aussitôt, il disparut derrière la porte.

C'était le premier passant envers lequel Gastian ressentait une aversion inopinée.

« Que m'arrive-t-il donc pour croire que cet individu pourrait soutirer des faveurs à ma petite dame en noir ? » Il n'avait jamais été jaloux. Quelle folie de s'imaginer que cette femme lui était prédestinée !

Gastian Le Pleut était déconcerté. La ville lui faisait perdre sa sérénité. Dans les bois, il était facile de réfléchir tellement il n'y avait personne. Alors qu'en ville, avec ce monde et cette activité, on s'imagine plein de trucs qui vous remuent l'intérieur !

« Bon, ça suffit ! J'y vais, ainsi j'en aurai le cœur net. »

Il se vêtit convenablement. Vaut mieux bien paraître.

« Qu'est-ce que je vais leur dire ? Je me dirigerai droit vers ma dame. »

D'ailleurs, n'est-elle pas son seul point de repère dans ce quartier inconnu ?

Un dernier coup d'œil au miroir pour ajuster son collet et Gastian partit vers la devanture intrigante.

Que d'appréhensions ne ressentait-il pas en foulant le béton et la ligne jaune !

Le Pleut s'apprêtait à affronter le pire.

Il ouvrit la porte…

Il en resta bouche bée et bras ballants. « Une passerelle ! »

La porte de cette devanture cachait un passage menant de l'autre côté du ruisseau de la Brasserie. La devanture, décrétée patrimoine historique par le Conseil municipal, était le vestige d'un des premiers postes de traite de fourrures de l'Outaouais.

Le passeur

Laurence Bietlot

JE VOUS TENDS la perche. Attrapez-en le bout. Étirez-vous un peu. Mais oui, vous pouvez. Bon ! Voilà ! Le premier pas est fait. Je sais, vous hésitez encore. Ce n'est pas facile. Ne lâchez pas maintenant. Moi, je peux juste vous guider. Tout le reste vous appartient !

Avant vous, en effet, j'en ai vu d'autres. Tant d'autres !

Et certains souffraient. Le moindre effort peut s'avérer inhumain quand on a mal. On parvient quand même à surmonter la douleur. J'aimerais vous dire le bonheur qui illuminait leurs prunelles et j'espère trouver les mots assez puissants pour le décrire. Vous me comprenez ? Alors, vous en avez certainement connu de cette trempe. Quelle force ! Quelle paix ! Vous avez raison, une lumière très particulière irradie et cette beauté m'émeut chaque fois.

Vous voici sur la bonne voie. Je vous trouve plus sereine.

Vous hésitez moins ? Ah ! vous sentez qu'à votre chevet, la réticence commence à faire place à l'harmonie, comme si on vous donnait la permission de partir! Voilà qu'on vous respecte. Une autre étape de franchie.

J'en ai vu bien du monde et je dois vous avouer que, quand il s'agit d'enfants, c'est pénible. Bien qu'il faille se dire qu'absolument tout revient au même. Une seule finale pour tous. Vous avez raison, on n'accorde pas facilement ce droit aux enfants. On n'admet tout simplement pas qu'ils abandonnent la vie sans l'avoir commencée.

Continuez ainsi, pas trop vite cependant, rien ne presse.

Les images que vous me décrivez sont belles. C'est la première fois qu'on associe la voie à suivre à un bras de la mer Morte dans l'atmosphère floue du *Grand Meaulnes*. On y ajouterait quelques canards dans le brouillard et des roseaux, que ce serait réel!

Vous vous sentez bien, comme dans un cocon. Ne vous inquiétez pas, je vous guide toujours.

Si j'ai vu des grands du monde passer par ici? Eh que oui! Egon Schiele, par exemple. Je me rappelle, au début, il ressemblait à ses toiles : de la tourmente, des blessures, des mains de pianiste, décharnées, et de belles fesses, je dois dire. Au fur et à mesure qu'il approchait, son sourire remplaçait ses rictus. Que je sache, il n'a plus touché de pinceaux depuis. Il n'en a plus besoin, l'harmonie est totale.

Oh! il faut que je vous raconte quand Prévert a emprunté le chemin! Que de cafouillage! Enfermé dans une cage d'oiseau, il flottait, un raton laveur à ses trousses. Et, en plus, je m'en souviens comme si c'était hier, il chantait à tue-tête : « Comme cela nous semblerait flou, inconsistant et inquiétant, une tête de vivant, s'il n'y avait une tête de mort dedans » sur l'air de *Tu m'aimes-tu*. Vous connaissez ?

Richard Desjardins ? Non, je ne l'ai pas encore vu.

Bien sûr que vous approchez. À cette étape-ci, personne encore n'a fait demi-tour. Ah ! vous disiez cela pour rire !

Comment ? Vous avez déjà vécu dans un paradis, au Lac Cœur, dans la Petite-Nation.

Maintenant vous avez envie de crier « Je n'habite plus nulle part ! »

Vous m'impressionnez, vous êtes quasiment au bout de vos peines.

Approchez encore un peu.

Voilà, c'est fait, le dernier pas est franchi.

Il n'y a pas de revenez-y. Non, non, pas de merci non plus.

Bienvenue.

L'ébène de tes yeux

Denyse Garneau

S EPTEMBRE, c'était septembre.
Le soleil, doucement, sortait de ses draps de cirro-stratus pour créer un halo orangé. Je roulais sur la 317 pour te rendre visite. Le paysage était féerique et l'air frisquet me refroidissait les mains. Ainsi, à mon arrivée, je pourrais mieux te caresser et atténuer ce feu qui t'assaillait.

Une symphonie de couleurs illuminait les feuilles dans les arbres. Les violons de Vivaldi m'accompagnaient. Ça sentait bon l'automne. Je traversais le pont Alonzo-Wright et le courant de la rivière Gatineau parvenait à mes oreilles.

Je pensais à toi. Tu m'attendais. Tu savais que je viendrais. À mon arrivée, je posai mes mains sur ton visage brûlant. Des bruits sourds résonnaient dans le couloir. Plus j'écoutais, plus les pas s'approchaient de la chambre. Je pressentais un malheur. Il est entré. Il t'a parlé. Sans tact. Et comme il était venu, il est reparti.

Je me souviens de cet instant, de cette solitude qui m'étreignit le cœur quand le médecin se prononça. C'était à l'hôpital du Sacré-Cœur, chambre 747.

Je n'ai pas oublié ta main qui serrait la mienne. Ni tes paroles vivantes à jamais dans ma mémoire. Mes lèvres tremblaient. Je t'observais à travers mes larmes. Ton regard sec disait tout. Dans mon chagrin de ce clair matin, j'entendais hurler la nuit. Je n'osais pas. Tu osas. Avec force et courage, tu me confias tes secrets. Un cri du cœur, pathétique.

Ces souvenirs et ces peines ancrés en toi. La petite Denise. Celle que tu avais gardée cachée jusqu'au jour où nous t'avons offert, pour tes soixante ans, cette bague sertie des pierres de naissance de tes neuf enfants. Tu as alors dit :

– Il y en a neuf. Mais j'ai eu dix enfants. La petite Denise, ma première, je l'ai bien eue aussi cette enfant. Il faudrait que sa pierre y soit pour souligner son passage ici-bas.

Comme tu l'avais souhaité, l'agate rouge orangé du mois d'août a été ajoutée.

Ma mère chantait toujours, la, la, la
Cette vieille chanson d'amour
Que je te chante à mon tour
Ma fille tu grandiras
Et puis tu t'en iras
Mais un beau jour
Tu la chanteras à ton tour
En souvenir de moi.

Tu l'avais longuement bercée, la petite Denise. Elle s'abandonna dans les bras de Morphée. Avec douceur, oh ! tant de douceur, d'un tendre baiser, tu effleuras sa joue. Dans le silence du soir, tu chantonnais encore faiblement. Tu déposas dans le berceau son petit corps tout chaud exhalant l'eau de Floride. Dans ses cheveux bouclés noirs, tes doigts glissaient. « Rêve aux anges », lui as-tu chuchoté. Perdue dans tes pensées, le tic tac de l'horloge te ramena à la réalité. Ta journée n'était pas terminée. Encore tous ces vêtements à repasser. Vers vingt-trois heures, épuisée à ton tour dans cette grande maison maintenant silencieuse, tu gagnas ta chambre.

À l'aube, le gazouillis des oiseaux t'a réveillée. Les premières lueurs se frayaient un passage à travers la fenêtre. Tu t'es levée. Avec la hâte de voir la petite. Tu t'es approchée du berceau. Denise était toujours dans la même position, où, la veille, tu l'avais laissée. Elle n'avait pas bougé. Tes doigts glissèrent à nouveau dans ses cheveux bouclés. Soudain, tout s'assombrit. Le choc. L'hiver en plein été. Un hurlement de douleur étouffa tes sanglots. Tes jambes ne te supportaient plus. Une longue plainte résonna comme un appel d'outre-tombe : « Eugène, la petite est morte ! »

Son corps était déjà tout froid. Elle était partie sans avoir grandi. Sans un pleur, elle s'était envolée. Tu l'as prise dans tes bras, souhaitant que ce ne soit qu'un mauvais rêve. Tu berçais tes espoirs. La triste réalité. La vie grouillait autour de toi. La mort gisait dans tes bras. Tu la croyais tienne pour toujours, cette enfant, mais le destin s'était bien moqué de tes désirs. Au ralenti, le film de ses premiers pas, de son premier sourire se déroulait dans ta tête. Tu as cru l'entendre balbutier son premier mot, « maman ». Ce qui restait d'elle ne vivrait plus qu'en toi. Et sous le toit du 39, rue Brodeur. Pas même une photo.

Pendant que tu te reposais, je suis allée prendre un café. À pas feutrés, je suis revenue à la chambre. Sur ton front, j'ai vu des rides, griffes de douleurs et de peines arides. Tu avais bougé. Ainsi placée, tu paraissais en proie à un désarroi. Au creux du drap, ta main tentait en vain de chasser un mauvais sort.

Tout à coup, tu as ouvert les yeux.

J'ai vu dans cette chambre étouffante ta jeunesse valser dans l'ébène de tes prunelles luisantes. Tu avais si peu vieilli. Tes cheveux, presque parfaitement noirs, en témoignaient.

En sourdine, tu es partie en voyage. Sur un chemin inconnu où tu n'étais encore jamais allée, à l'autre bout du monde. Toute une aventure pour toi qui n'avais jamais voyagé ! Je t'imagine mal, valises à la main. Où donc es-tu débarquée ? C'est beau là-bas ? On te traite bien ? Écoutes-tu toujours le *Clair de lune* de Debussy, que tu aimes tant ? Le piano, tu en joues encore ? Gardes-tu cette fraîcheur, ton parfum sucré ?

Là, près du vieux chêne, je voudrais sonner à ta porte. Je souhaite tant recevoir de tes nouvelles. J'entends le silence qui se tait. Le bruit des voitures dérange mes pensées. Ce granite gris devant le parvis me fige le sang dans les veines. Suis-je à la bonne adresse ? Ah ! que si ! Et dire que c'est ici que tu as passé toutes ces années.

Je t'aime toujours.

Lentement, le soleil se couche. Ses rayons se faufilent entre les branches tordues du vieux chêne. La lumière fait apparaître, en lettres de feu, ce nom magique gravé dans ma mémoire :

ALICE BERTRAND-GARNEAU (1913-1973)

Devant cette stèle, je ne te dis pas adieu. Chère Alice, chère maman, tu restes pour moi l'admirable tableau de l'amour le plus beau.

Le vent tiède me frôle le cou. Je sais que c'est toi, je sais que tu existes toujours.

Septembre est à nouveau de retour.

Le scorpion

Michel-Rémi Lafond

À Suzanne Guiu

JÉRÔME est médecin. Il a beaucoup vieilli. Il possède encore de belles mains de chirurgien. Elles tremblent juste assez pour l'empêcher de travailler. D'ailleurs, il se dit qu'il ne saurait plus, qu'il ne sait plus rien.

La vie, infidèle, l'a trompé, honteusement et bêtement trompé, lui qui avait toujours baigné dans la ouate depuis son enfance ; lui à qui tout souriait : gloire et argent ; lui, éduqué naïvement par des parents qui avaient choisi, la plupart du temps, ses loisirs, même ses amis, y compris sa femme. Ils avaient acheté une maison dans un quartier chic. Leur fils et sa petite famille ne pouvaient pas vivre hors des standards de leur statut social.

Puis, soudainement, sans prévenir, sans signes avant-coureurs, à la manière d'un tremblement de terre, tout a basculé.

L'ombre que Jérôme représentait est devenue néant. « Anéantissement ou néantisation ? » se demandait-il parfois. Tout cela à la fois, lui répondait l'image que lui renvoyait le reflet des vitrines du

centre-ville. Impuissant, il avait assisté à l'effondre-
ment et à la désagrégation de son univers.

Du monde extérieur, il avait appris que l'erreur
n'est jamais pardonnée, qu'elle conduit tout droit à
l'enfer, que le jugement des autres reste sans appel.
Certes, les circonstances atténuantes existent théori-
quement, elles peuvent être invoquées, alors qu'en
pratique, on passe par-dessus, on les ignore.

Son épouse, Nicole, n'avait pas attendu longtemps.
Elle l'avait rapidement quitté. De toute façon, il avait
senti qu'elle espérait ce moment depuis le début de
leur mariage.

Jérôme était si parfait, selon son père.

Nicole ne pouvait plus supporter la perfection.

Jérôme était si doux, si tendre, selon sa mère.

Nicole ne pouvait plus croire les superlatifs qui
cachent si mal la véritable humanité.

On lui avait refilé un homme-enfant. Au fil des
années, elle s'était transformée en mère. Même son
corps s'était alourdi. Elle l'avait aimé. Elle l'aimerait
encore, simplement d'amour maternel. Rien de
moins, rien de plus.

De leur côté, les collègues de Jérôme l'avaient soutenu, du bout des lèvres, certes, mais il reste qu'ils
avaient pris des mesures afin de le défendre et, du
coup, ils assuraient leurs arrières au cas où des circonstances identiques se répéteraient.

« Tout le monde peut commettre une faute »
avaient-ils pris l'habitude de dire.

Jérôme était de garde cette nuit-là. Une urgence.
Une situation où il est nécessaire d'agir dans l'immé-
diat. Toute attente aurait pu être fatale. Il avait décidé

d'intervenir, conscient qu'il devrait faire face au comité de discipline. Il s'y présenta et se justifia.

La presse s'empara de l'affaire.

« Il faut scruter attentivement tous les faits pertinents, clamait la corporation. On ne peut condamner sans examiner à fond un dossier. »

Jérôme s'était enfoncé.

Il avait cessé toutes ses activités professionnelles pour la simple raison de la défection de sa clientèle. Il s'était mis à jouer au casino et à boire dans les troquets de la ville.

Les créanciers le recherchaient.

Traqué, il se terrait.

Un jour, il n'était plus rentré.

Parfois, on peut l'apercevoir dans une rue ou dans un parc. Le plus souvent, on le rencontre devant le 2, Place Aubry, barbe longue et jaunie, cheveux hirsutes et cotonnés, revêtu d'un complet défraîchi, portant des godasses boueuses.

Il boit. Il soliloque.

Clochard parce qu'il a tué son fils sur la table d'opération.

Table des matières

Composition et mise en page :
Éditions Vents d'Ouest (1993) inc.
Hull

Négatifs de la page couverture :
Imprimerie Gauvin
Hull

Impression et reliure :
AGMV inc.
Cap-Saint-Ignace

Achevé d'imprimer en janvier
mil neuf cent quatre-vingt-seize

Imprimé au Québec (Canada)